Kate DiCamillo

El verano de Raymie Nightingale

GRANTRAVESÍA

El verano de Raymie Nightingale

GRANTRAVESÍA

EL VERANO DE RAYMIE NIGHTINGALE

Título original: *Raymie Nightingale*

Texto © 2016, Kate DiCamillo

Ilustración de portada © 2016, Lucy Davey

Publicado según acuerdo con Walker Books Limited, London SE11 5HJ. Todos los derechos reservados

Traducción: Karina Simpson

D.R. © 2016, Editorial Océano, S.L.
Milanesat 21-23, Edificio Océano
08017 Barcelona, España
www.oceano.com

D. R. © 2016, Editorial Océano de México, S.A. de C.V.
Eugenio Sue 55, Col. Polanco Chapultepec
Del. Miguel Hidalgo, C.P. 11560, México, D.F.
Tel. (55) 9178 5100 • info@oceano.com.mx
www.oceano.mx • www.grantravesia.com

Primera edición: 2016

ISBN: 978-607-735-904-3

IMPRESO EN MÉXICO / PRINTED IN MEXICO

Para mis rancheros… gracias.

UNO

Había tres de ellas, tres chicas.

Estaban de pie una al lado de la otra.

De pie en posición de atención.

Y la chica con el vestido rosa, la que estaba junto a Raymie, soltó un gemido y dijo:

—Entre más lo pienso, más aterrada estoy. ¡Estoy demasiado aterrada para continuar!

La chica apretó su bastón contra el pecho y cayó de rodillas.

Raymie la observó con sorpresa y admiración.

Ella misma a menudo se sentía demasiado aterrada para continuar, pero nunca lo había admitido en voz alta.

La chica de vestido rosa se quejaba y se caía a los lados.

Se le cerraban los ojos. Estaba en silencio. Entonces abrió muy grandes los ojos y gritó:

—¡Archie, lo lamento! ¡Lamento haberte traicionado!

Por algún motivo, las palabras parecían dignas de ser repetidas.

—Detén esta tontería de inmediato —dijo Ida Nee.

Ida Nee era la instructora de malabarismo de bastón. Aunque mayor —más de cincuenta, por lo menos—, su cabello lucía un amarillo extremadamente brillante. Calzaba unas botas blancas que le llegaban a las rodillas.

—No estoy bromeando —dijo Ida Nee.

Raymie le creía.

No parecía que Ida Nee fuera muy bromista.

El sol estaba muy, muy alto en el cielo, y toda la escena era como el mediodía en una película de vaqueros. Pero no era una de vaqueros; eran clases de malabarismo de bastón en la casa de Ida Nee, en el patio de Ida Nee.

Verano de 1975.

Quinto día de junio.

Y dos días antes, al tercer día de junio, el papá de Raymie Clarke se había fugado de casa con una mujer que era asistente de dentista.

Los palomos se casaron y se van de la ciudad…

Ésas eran las palabras que cruzaban la cabeza de Raymie cada que pensaba en su papá y la asistente de dentista.

Pero ella no pronunció las palabras en voz alta porque la mamá de Raymie estaba muy alterada, y no era apropiado hablar acerca de una pareja de palomos que se habían casado y se iban de la ciudad.

De hecho, lo que había sucedido era una gran tragedia.

Eso fue lo que dijo la mamá de Raymie.

—Esto es una gran tragedia —dijo la mamá de Raymie—. Deja de recitar rimas infantiles.

Era una gran tragedia porque el papá de Raymie se había puesto en ridículo a sí mismo.

También era una gran tragedia porque Raymie ahora no tenía padre.

Ese pensamiento —ese hecho—, de que ella, Raymie Clarke, no tenía papá, provocaba que se disparara un pequeño y filoso dolor a través de su corazón cada vez que ella lo consideraba.

A veces el dolor en su corazón la hacía sentir demasiado aterrada para continuar. A veces la hacía querer caerse de rodillas.

Pero entonces recordaba que tenía un plan.

DOS

—Levántate —le dijo Ida Nee a la chica con el vestido rosa.

—Se desmayó —dijo la otra estudiante de malabarismo de bastón, una chica llamada Beverly Tapinski, cuyo papá era policía.

Raymie sabía el nombre de la chica y a qué se dedicaba su papá porque Beverly lo había anunciado al inicio de la clase. Vio directo al frente, sin mirar a nadie en particular, y dijo:

—Mi nombre es Beverly Tapinski y mi papá es policía, así que no les conviene meterse conmigo.

En primer lugar, Raymie no tenía intenciones de meterse con ella.

—He visto a mucha gente desmayarse —dijo Beverly—. Eso sucede cuando eres hija de un policía. Ves de todo. Lo ves todo.

—Cállate, Tapinski —dijo Ida Nee.

El sol estaba muy alto en el cielo.

No se había movido.

Parecía como si alguien lo hubiera puesto ahí y luego se hubiera marchado.

—Lo lamento —murmuró Raymie—. Te traicioné.

Beverly Tapinski se arrodilló y puso las manos a los lados del rostro de la chica desmayada.

—¿Qué estás haciendo? —preguntó Ida Nee.

Los pinos sobre ellas se balanceaban de atrás hacia delante. El lago, el Lago Clara —donde alguien llamada Clara Wingtip se las arregló para ahogarse hace cien años—, brillaba y relucía.

El lago parecía hambriento.

Tal vez esperaba a otra Clara Wingtip.

Raymie sintió una oleada de desasosiego.

No había tiempo para que la gente se desmayara. Ella tenía que aprender a maniobrar el bastón y debía hacerlo rápido, porque si aprendía a hacer malabarismo de bastón, entonces tenía buenas posibilidades de convertirse en Pequeña Señorita Neumáticos de Florida.

Y si se convertía en Pequeña Señorita Neumáticos de Florida su papá vería su foto en el periódico y volvería a casa.

Ése era el plan de Raymie.

TRES

La forma en que Raymie imaginaba que se desarrollaría su plan era que su papá estaría sentado en algún restaurante, en el pueblo al que hubiera huido. Estaría con Lee Ann Dickerson, la asistente de dentista. Estarían sentados juntos en una mesa de gabinete, y su papá estaría fumando un cigarro y bebiendo café, y Lee Ann estaría haciendo algo estúpido e inapropiado, como pintándose las uñas (lo cual nunca debe hacerse en público). En algún punto, el papá de Raymie apagaría su cigarro y abriría el periódico y aclararía su garganta y diría:

—Vamos a ver qué tenemos aquí.

Y lo que vería sería la foto de Raymie.

Vería a su hija con una corona en la cabeza y un ramo de flores en sus brazos y una banda a través de su pecho que diría PEQUEÑA SEÑORITA NEUMÁTICOS DE FLORIDA 1975.

Y el papá de Raymie, Jim Clarke, de Aseguradora Familiar Clarke, voltearía a ver a Lee Ann y diría:

—Debo volver a casa de inmediato. Todo ha cambiado. Mi hija ahora es famosa. Ha sido coronada Pequeña Señorita Neumáticos de Florida.

Lee Ann dejaría de pintarse las uñas. Resoplaría en voz alta sorprendida y consternada (y también, tal vez, con envidia y admiración).

Así es como Raymie imaginaba que sucedería.

Probablemente. Quizá. Con suerte.

Pero primero necesitaba aprender a hacer malabarismo de bastón.

O eso dijo la señora Sylvester.

CUATRO

La señora Sylvester era la secretaria en la Aseguradora Familiar Clarke.

La voz de la señora Sylvester era muy aguda. Cuando hablaba sonaba como un pajarito de caricatura, y eso provocaba que todo lo que decía sonara ridículo pero también posible: las dos cosas al mismo tiempo.

Cuando Raymie le dijo a la señora Sylvester que se inscribiría al concurso Pequeña Señorita Neumáticos de Florida, la señora Sylvester aplaudió y dijo:

—Qué idea tan fantástica. Toma caramelos.

La señora Sylvester tenía un enorme frasco con caramelos en su escritorio, siempre y en todas las estaciones, porque creía en alimentar a la gente.

También creía en alimentar a los cisnes. Todos los días, a la hora del almuerzo, la señora Sylvester tomaba una bolsa de comida para cisnes y visitaba el estanque junto al hospital.

La señora Sylvester era muy bajita, y los cisnes eran altos y de cuellos largos. Cuando se paraba en medio de ellos con la bufanda en su cabeza y la gran bolsa de comida para cisnes entre sus brazos, parecía como un ser salido de un cuento de hadas.

Raymie no estaba segura de qué cuento.

Tal vez era un cuento de hadas que aún no se contaba.

Cuando Raymie le preguntó a la señora Sylvester qué pensaba de que Jim Clarke dejara el pueblo con una asistente de dentista, la señora Sylvester había respondido:

—Bueno, querida, he descubierto que casi todo resulta bien al final.

¿Todas las cosas resultan bien al final?

Raymie no estaba segura.

La idea parecía ridícula (pero también posible) cuando la señora Sylvester la dijo con su voz de pajarito.

—Si pretendes ganar el concurso Pequeña Señorita Neumáticos de Florida —dijo la señora Sylvester— debes aprender a hacer malabarismo de bastón. Y la mejor persona para enseñar a hacer malabarismo de bastón es Ida Nee. Es campeona mundial.

CINCO

*E*sto explicaba lo que Raymie hacía en el patio de
Ida Nee, bajo los pinos de Ida Nee.

Estaba aprendiendo a hacer malabarismo de bastón.

O supuestamente eso era lo que hacía.

Pero la chica del vestido rosa se había desmayado,
y la clase de malabarismo se había detenido.

Ida Nee dijo:

—Esto es ridículo. Nadie se desmaya en mis clases.
No creo en el desmayo.

El desmayo no parecía ser una cosa en la que ne-
cesitaras creer (o no) para que sucediera, pero Ida Nee
era campeona mundial en malabarismo de bastón y
probablemente sabía de lo que hablaba.

—Son tonterías —dijo Ida Nee—. No tengo tiempo
para tonterías.

Este pronunciamiento fue recibido con un breve
silencio, y luego Beverly Tapinski abofeteó a la chica
del vestido rosa.

Abofeteó una mejilla y después la otra.

—¿Pero qué te pasa? —dijo Ida Nee.

—Esto es lo que se les hace a las personas que se desmayan —dijo Beverly—. Las abofetea —abofeteó de nuevo a la chica—. ¡Despierta! —gritó.

La chica abrió los ojos.

—Uh-oh —dijo—. ¿Llegó la gente de la casa hogar del condado? ¿Marsha Jean está aquí?

—No conozco a ninguna Marsha Jean —dijo Beverly—. Te desmayaste.

—¿De verdad? —parpadeó—. Tengo los pulmones muy congestionados.

—Esta clase ha terminado —dijo Ida Nee—. No voy a perder mi tiempo con holgazanes y gente que finge enfermarse. O que se desmaya.

—Bien —dijo Beverly—. De todas formas nadie quiere aprender a hacer malabarismo con un estúpido bastón.

Lo cual no era verdad.

Raymie quería aprender.

De hecho, necesitaba aprender.

Pero no parecía una buena idea llevarle la contra a Beverly.

Ida Nee se alejó de ellas marchando hacia el lago. Iba levantando muy alto sus piernas con botas blancas. Uno podía darse cuenta de que era una campeona mundial al verla marchar.

—Siéntate —le dijo Beverly a la chica desmayada.

La chica se sentó. Miró a su alrededor con sorpresa, como si hubiera sido depositada en la casa de Ida por error. Parpadeó. Puso la mano sobre su cabeza.

—Siento mi cabeza tan ligera como una pluma pequeña —dijo.

—Daaa —dijo Beverly—. Es porque te desmayaste.

—Me temo que no habría sido un muy buen Elefante Volador —dijo la chica.

Hubo un largo silencio.

—¿Elefante? —preguntó finalmente Raymie.

La chica parpadeó. Su cabello rubio parecía blanco bajo el sol.

—Yo soy una Elefante. Mi nombre es Louisiana Elefante. Mis papás eran los Elefantes Voladores. ¿No has escuchado sobre ellos?

—No —dijo Beverly—. No hemos escuchado sobre ellos. Ahora deberías ponerte de pie.

Louisiana posó la mano sobre su pecho. Inhaló profundo. Resopló.

Beverly puso los ojos en blanco.

—Toma —extendió la mano. Era una mano mugrosa. Los dedos estaban manchados, y las uñas sucias y mordidas. Pero a pesar de la suciedad, o quizá debido a ella, esa mano se veía muy confiable.

Louisiana la tomó, y Beverly la jaló para ayudarla a incorporarse.

—Ay, Dios mío —dijo Louisiana—. Estoy repleta de remordimientos. Y miedos. Tengo muchos miedos.

Se quedó ahí, de pie, mirándolas a las dos. Sus ojos eran oscuros. Eran color café. No, negros, y estaban muy hundidos. Parpadeó.

—Tengo una pregunta que hacerles —dijo—. ¿Alguna vez en su vida se han dado cuenta de que todo, absolutamente todo, depende de ustedes?

Raymie ni siquiera tuvo que pensar en la respuesta.

—Sí —dijo.

—Daaa —dijo Beverly.

—Es aterrador, ¿no? —dijo Louisiana.

Las tres se quedaron ahí, de pie, mirándose unas a otras.

Raymie sintió que algo se expandía dentro de ella. Se sentía como una tienda de campaña gigantesca inflándose.

Raymie sabía que eso era su alma.

La señora Borkowski, que vivía en la acera de enfrente de la casa de Raymie y que era muy, muy anciana, decía que la mayoría de la gente desperdiciaba sus almas.

—¿Cómo las desperdician? —Raymie le preguntó una vez.

—Permiten que se marchiten —dijo la señora Borkowski—. Ffffffttttt.

Lo cual tal vez era —Raymie no estaba segura— el sonido que hacía un alma al marchitarse.

Pero mientras Raymie estaba de pie en el patio de Ida Nee, junto a Louisiana y Beverly, no sentía que su alma se estuviera marchitando para nada.

Se sentía como si se estuviera llenando, creciendo, volviéndose más brillante, más segura.

Abajo en el lago, en la orilla del muelle, Ida Nee giraba su bastón. Éste brillaba y relucía. Ella lo lanzaba muy alto en el aire.

El bastón parecía una aguja.

Parecía como un secreto, angosto y brillante y solo, refulgiendo en el cielo azul.

Raymie recordó las palabras de hacía un rato: *Lamento haberte traicionado.*

Volteó con Louisiana y preguntó:

—¿Quién es Archie?

SEIS

—Bueno, comenzaré por el principio, ya que es el mejor lugar por donde comenzar —dijo Louisiana.

Beverly bufó.

—Había una vez —dijo Louisiana—, en una tierra muy lejana y también sorprendentemente cercana, un gato llamado Archie Elefante, que era muy admirado y amado y que también era conocido como Rey de los Gatos. Pero entonces llegó la oscuridad...

—¿Por qué no sólo dices lo que sucedió? —dijo Beverly.

—De acuerdo, si quieren tan sólo lo diré. Lo traicionamos.

—¿Cómo? —preguntó Raymie.

—Llevamos a Archie al Refugio Animal Amigable porque ya no nos alcanzaba el dinero para alimentarlo —dijo Louisiana.

—¿Cuál Refugio Animal Amigable? —preguntó Beverly—. Nunca he escuchado de ningún Refugio Animal Amigable.

—No puedo creer que nunca hayas escuchado del Refugio Animal Amigable. Es un lugar donde alimentan a Archie tres veces al día y le rascan detrás de las orejas justo como le gusta. De todas formas, nunca debí dejarlo ahí. Fue una traición. Lo traicioné.

El corazón de Raymie se encogió. *Traición*.

—Pero no se preocupen —dijo Louisiana. Puso la mano sobre su pecho e inhaló profundo. Sonrió de forma deslumbrante—. Entré al concurso Pequeña Señorita Neumáticos de Florida 1975 y voy a ganar esos 1 975 dólares y me salvaré de irme a la casa hogar del condado y traeré de vuelta a Archie del Refugio Animal Amigable y nunca tendrá miedo de nuevo.

El alma de Raymie dejó de ser una tienda de campaña.

—¿Vas a competir en el concurso Pequeña Señorita Neumáticos de Florida? —preguntó.

—Así es —dijo Louisiana—. Y siento que mis probabilidades de ganar son muy buenas porque provengo del mundo del espectáculo.

El alma de Raymie se volvió más pequeña, apretada. Se volvió algo duro, como un guijarro.

—Como dije antes, mis papás eran los Elefantes Voladores —Louisiana se inclinó y recogió su bastón—. Eran famosos.

Beverly miró a Raymie y puso los ojos en blanco.

—Es verdad. Mis papás viajaron por todo el mundo —dijo Louisiana—. Tenían maletas con sus nombres impresos en ellas. *Los Elefantes Voladores*. Eso era lo que decían sus maletas —Louisiana extendió su bastón y lo movió como si estuviera escribiendo letras doradas en el aire por encima de sus cabezas—. Su nombre estaba escrito en cada maleta en letra cursiva, y la F y la T tenían colas muy largas. Me gustan las colas largas.

—Yo también estoy inscrita en ese concurso —dijo Raymie.

—¿Qué concurso? —preguntó Louisiana. Parpadeó.

—El concurso Pequeña Señorita Neumáticos de Florida —dijo Raymie.

—Ay, Dios mío —dijo Louisiana y parpadeó de nuevo.

—Voy a sabotear ese concurso —dijo Beverly. Miró a Raymie y luego a Louisiana, y entonces hurgó en sus pantaloncillos y sacó una navaja de bolsillo. Abrió la hoja. Parecía una navaja muy filosa.

De pronto, aunque el sol estaba brillando en lo alto del cielo, el mundo parecía menos brillante.

La vieja señora Borkowski decía todo el tiempo que uno no podía fiarse del sol.

—¿Qué es el sol? —decía la señora Borkowski—. Te lo diré. El sol no es nada más que una estrella agonizante. Algún día se apagará. Fffffttttt.

De hecho, *Fffffttttt* era algo que la señora Borkowski decía a menudo sobre muchas cosas.

—¿Qué vas a hacer con ese cuchillo? —preguntó Louisiana.

—Ya te dije —respondió Beverly—. Voy a sabotear el concurso. Voy a sabotearlo todo —blandió la navaja a través del aire.

—Ay, Dios mío —dijo Louisiana.

—Así es —dijo Beverly. Sonrió sutilmente, y luego cerró la navaja y la guardó de nuevo en el bolsillo de sus pantaloncillos cortos.

SIETE

Caminaron juntas hasta la rotonda de acceso a la casa de Ida Nee.

Ida Nee todavía estaba en el muelle, marchando de adelante hacia atrás y girando su bastón y hablando consigo misma. Raymie escuchaba su voz —un murmullo enojado—, pero no comprendía lo que decía.

—Odio los concursos de belleza —dijo Beverly—. Odio lo moños y los listones y los bastones y todo eso. Odio las cosas brillosas. Mi mamá me ha inscrito a todos los concursos de belleza que existen y estoy harta de ellos. Y por eso voy a sabotear éste.

—Pero en éste se ganan 1 975 dólares —dijo Louisiana—. Ése es el rescate de un rey. ¡Una fortuna! ¿Sabes cuánto atún puedes comprar con 1 975 dólares?

—No —dijo Beverly—. Y no me importa.

—El atún tiene mucha proteína —dijo Louisiana—. En la casa hogar del condado sólo sirven sándwiches de mortadela. La mortadela no es buena para la gente que tiene pulmones congestionados.

La conversación fue interrumpida por un fuerte ruido. Una camioneta con paneles de madera a los costados se dirigía muy rápido hacia la rotonda de la casa de Ida Nee. La puerta trasera del lado del conductor de la camioneta estaba parcialmente caída; se abría y se cerraba una y otra vez.

—Ya llegó Abu —dijo Louisiana.

—¿Dónde? —preguntó Raymie.

Porque en verdad parecía que nadie conducía la camioneta. Era como el jinete sin cabeza, sólo que sobre una camioneta y no sobre un caballo.

Y entonces Raymie vio dos manos sobre el volante, y justo cuando la camioneta entró a la rotonda, salpicando gravilla y polvo, una voz gritó:

—¡Louisiana Elefante, sube al coche!

—Debo irme —dijo Louisiana.

—Eso parece —dijo Beverly.

—Me dio gusto conocerte —dijo Raymie.

—¡Apresúrate! —gritó la voz desde dentro de la camioneta—. Marsha Jean está cerca en alguna parte. Estoy segura. Puedo sentir su presencia malévola.

—Ay, Dios mío —dijo Louisiana. Se subió al asiento trasero e intentó cerrar la puerta descompuesta—. Si Marsha Jean aparece —le gritó a Raymie y Beverly—, díganle que no me han visto. No permitan que escriba nada en su carpeta. Y díganle que no saben por dónde estoy.

—*No sabemos* por dónde estás —dijo Beverly.

—¿Quién es Marsha Jean? —preguntó Raymie.

—Deja de preguntarle cosas —dijo Beverly—. Sólo le das un pretexto para inventar una historia.

La camioneta arrancó. La puerta trasera se columpiaba abierta y luego se cerró con un fuerte golpe y se quedó así. Aceleró alarmantemente rápido, el motor rugió y gimió, y la camioneta desapareció por completo. Raymie y Beverly se quedaron solas, de pie en medio de una nube de gravilla, polvo y cansancio.

Fffffttttt, como diría la señora Borkowski.

Fffffttttt.

OCHO

—A mí me pareció que eran criminales —dijo Beverly—. Esa chica y su abuela casi invisible. Me recordaron a Bonnie y Clyde.

Raymie asintió, aunque Louisiana y su abuela no le recordaban a nadie que hubiera visto o de quien hubiera escuchado.

—¿Siquiera sabes quiénes eran Bonnie y Clyde? —preguntó Beverly.

—Ladrones de bancos —dijo Raymie.

—Así es —dijo Beverly—. Criminales. Esas dos se veían como si pudieran robar un banco. ¿Y qué clase de nombre es Louisiana? Louisiana es el nombre de un estado. No le llamas así a una persona. Probablemente esa chica opera bajo un apodo. Quizás está huyendo de la ley. Por eso parece tan temerosa y actúa de forma esquiva. Te digo qué: el miedo es una gran pérdida de tiempo. Yo no le temo a nada.

Beverly lanzo su bastón alto en el aire y lo atrapó con un golpe de cadera muy profesional.

El corazón de Raymie se encogió de incredulidad.

—Ya sabes cómo hacer malabarismo de bastón —dijo.

—¿Y qué? —dijo Beverly.

—¿Entonces por qué asistes a clases?

—Creo que eso no es de tu incumbencia. ¿Y tú por qué lo haces?

—Porque necesito ganar el concurso.

—Ya te lo dije —dijo Beverly—, no habrá ningún concurso. No si yo puedo evitarlo. Tengo todo tipo de habilidades para el sabotaje. Justo ahora estoy leyendo un libro sobre cómo abrir cajas de seguridad, escrito por un criminal llamado J. Frederick Murphy. ¿Has escuchado sobre él?

Raymie negó con la cabeza.

—Eso pensé —dijo Beverly—. Mi papá me dio el libro. Él conoce todas las costumbres criminales. Estoy aprendiendo a abrir una caja fuerte.

—¿Tu papá no es policía? —preguntó Raymie.

—Sí —dijo Beverly—. Lo es. ¿Cuál es tu punto? Ya sé abrir cerraduras. ¿Alguna vez has abierto una?

—No —dijo Raymie.

—Eso pensé —dijo Beverly de nuevo.

Lanzó el bastón al aire y lo atrapó con su mano mugrosa. Hacía que girar el bastón pareciera fácil e imposible al mismo tiempo.

Era terrible observarla.

De pronto, todo parecía no tener sentido.

Después de todo, el plan de Raymie de traer a su padre de vuelta a casa no era un gran plan. ¿Qué estaba haciendo? No lo sabía. Estaba sola, perdida, a la deriva.

Lamento haberte traicionado.

Fffffttttt.

Sabotaje.

—¿No temes que te atrapen? —le preguntó Raymie a Beverly.

—Ya te dije —dijo Beverly—. No le temo a nada.

—¿Nada? —preguntó Raymie.

—Nada —dijo Beverly. Miró a Raymie con tanta intensidad que su rostro cambió. Sus ojos brillaban.

—Dime un secreto —murmuró Beverly.

—¿Qué? —preguntó Raymie.

Beverly desvió la vista de Raymie. Se encogió de hombros. Lanzó el bastón al aire y lo atrapó y luego lo lanzó de nuevo. Y mientras el bastón estaba suspendido entre el cielo y la gravilla, Beverly dijo:

—Te dije que me cuentes un secreto.

Beverly atrapó el bastón. Miró a Raymie.

Y quién sabe por qué.

Raymie se lo dijo.

—Mi padre huyó con la asistente del dentista. Se fue a la mitad de la noche.

No era necesariamente un secreto, pero las palabras eran terribles y verdaderas y le dolía pronunciarlas.

—La gente hace ese tipo de cosas patéticas todo el tiempo —dijo Beverly—. Arrastrándose por pasillos en la oscuridad con los zapatos en la mano, parten sin decir adiós a nadie.

Raymie no sabía si su papá se había arrastrado por el pasillo con los zapatos en la mano, pero ciertamente se había ido sin decir adiós. Considerando este hecho, sintió una punzada de algo. ¿Qué era? ¿Indignación? ¿Incredulidad? ¿Tristeza?

—Eso me enoja mucho, mucho —dijo Beverly.

Tomó su bastón y con la punta de goma comenzó a golpear la gravilla de la rotonda. Pequeñas rocas saltaron al aire, desesperadas por escapar de la ira de Beverly.

Huam, huam, huam.

Beverly golpeaba la gravilla y Raymie la miró con admiración y temor. Nunca había visto a nadie tan enojado.

Había mucho polvo.

Un auto pintado de un azul brillante y reluciente apareció en el horizonte y entró en la rotonda hasta detenerse.

Beverly ignoró el auto.

Seguía golpeando la gravilla.

No parecía que fuera a detenerse sino hasta que hubiera hecho polvo el mundo entero.

NUEVE

—¡Detente! —gritó la mujer detrás del volante del auto.

Beverly no se detuvo. Continuaba golpeando con fuerza.

—Gasté mucho dinero en ese bastón —le dijo la mujer a Raymie—. Haz que se detenga.

—¿Yo? —preguntó Raymie.

—Sí, tú —dijo la mujer—. ¿Quién más está ahí además de ti? Quítale el bastón.

La mujer tenía sombras verdes en sus párpados y pestañas postizas largas y además mucho rubor en sus mejillas. Pero debajo del rubor y las sombras y las pestañas postizas, tenía un aire muy familiar. Se veía como Beverly Tapinski, pero mayor. Y más enojada. Si es que eso era posible.

—¿Por qué yo tengo que hacerlo todo? —dijo la mujer.

Éste era el tipo de pregunta que no tenía respuesta, como el tipo de preguntas que al parecer a los adultos les encanta.

Antes de que Raymie pudiera formular algún tipo de respuesta, la mujer ya había descendido del auto y había tomado el bastón de Beverly y lo jalaba mientras Beverly lo jalaba también.

Se levantó más polvo.

—Suéltalo —dijo Beverly.

—Tú suéltalo —dijo la mujer, que seguro era la mamá de Beverly, aunque en realidad no se comportaba como una mamá.

—¡Ya basta, déjense de tonterías, de inmediato!

Esta orden fue proferida por Ida Nee, quien había aparecido de la nada y que estaba de pie frente a ellas con sus botas blancas brillando y su bastón extendido frente a ella como una espada. Parecía un ángel vengador de una historieta del catecismo.

Beverly y la mujer dejaron de pelear.

—¿Qué está pasando aquí, Rhonda? —preguntó Ida Nee.

—Nada —dijo la mujer.

—¿Qué no puedes controlar a tu hija? —dijo Ida Nee.

—Ella empezó —dijo Beverly.

—Fuera de aquí, ustedes dos —dijo Ida Nee. Señaló el auto con su bastón—. Y no vuelvan hasta que puedan comportarse apropiadamente. Deberías estar avergonzada de ti misma, Rhonda, una malabarista campeona como tú.

Beverly subió al asiento trasero del auto, y su mamá subió al frente. Ambas azotaron sus puertas al mismo tiempo.

—Nos vemos mañana —dijo Raymie mientras el auto avanzaba.

—¡Ja! —dijo Beverly—. Nunca volverás a verme.

Por algún motivo, esas palabras se sintieron como un golpe en el estómago. Se sintieron como alguien deslizándose por un pasillo en medio de la noche, zapatos en mano, partiendo sin decir adiós.

Raymie le dio la espalda al auto y miró a Ida Nee, quien sacudió la cabeza, caminó pasando a Raymie y se dirigió hacia su oficina de malabarismo de bastón (que en realidad sólo era un garaje) y cerró la puerta.

El alma de Raymie no era una casa de campaña. Ni siquiera era un guijarro.

Al parecer, su alma había desaparecido por completo.

Después de un largo rato, o lo que se sintió como un largo rato, la mamá de Raymie llegó.

—¿Cómo estuvo la clase? —preguntó su mamá.

—Complicada —dijo Raymie.

—Todo es complicado —dijo su mamá—. Ni siquiera puedo imaginar por qué deseas aprender malabarismo de bastón. El verano pasado fueron las clases de salvamento. Éste, malabarismo. Nada de esto tiene sentido para mí.

Raymie miró el bastón sobre su regazo. *Tengo un plan,* quería decir. *Y hacer malabarismo de bastón es parte del plan.* Cerró los ojos e imaginó a su papá en un gabinete de cafetería, sentado frente a Lee Ann Dickerson.

Imaginó a su papá abriendo el periódico y descubriendo que ella era Pequeña Señorita Neumáticos de Florida. ¿No estaría impresionado? ¿No querría volver a casa de inmediato? ¿Y Lee Ann Dickerson no estaría impactada y celosa?

—¿Qué pudo haber visto tu papá en esa mujer? —dijo la mamá de Raymie, casi como si supiera lo que Raymie estaba pensando—. ¿Qué pudo haber visto en ella?

Raymie agregó esta pregunta a la lista de preguntas imposibles e incontestables que los adultos solían formularle.

Pensó en el señor Staphopoulos, su entrenador de salvamento del verano anterior. No era el tipo de hombre que hiciera preguntas que no tenían respuesta.

El señor Staphopoulos hacía una sola pregunta: *¿Vas a solucionar problemas o a ocasionarlos?*

Y la respuesta era obvia.

Debías solucionarlos.

DIEZ

El señor Staphopoulos tenía pelo en los dedos de los pies y vello a lo largo de toda su espalda. Se colgaba un silbato plateado alrededor del cuello. Raymie creía que nunca se lo quitaba.

El señor Staphopoulos era muy apasionado en lo concerniente a que la gente no se ahogara.

—¡La tierra viene después, señores! —eso era lo que el señor Staphopoulos decía a sus estudiantes de Salvamento 101—. El mundo está hecho de agua, y ahogarse es un peligro siempre presente. Debemos ayudarnos unos a otros. Seamos solucionadores de problemas.

Entonces el señor Staphopoulos haría sonar su silbato, lanzaría a Edgar al agua, y comenzaría la clase de salvamento.

Edgar era el maniquí que simulaba ahogarse. Medía como tres metros. Estaba vestido con jeans y una camisa a cuadros. Tenía botones en vez de ojos, y su sonrisa estaba dibujada con marcador permanente rojo. Estaba relleno de algodón que nunca terminaba de secarse, y en las manos y pies y estómago tenía cosidas piedras para que se hundiera. Olía a moho: una especie de olor dulzón y triste.

El señor Staphopoulos hizo a Edgar. Lo había diseñado para que se ahogara.

Parecía un motivo extraño por el cual ser llamado al mundo: ahogarse, ser rescatado, ahogarse otra vez.

También era extraño para Raymie que Edgar estuviera condenado a sonreír durante todo el proceso.

Si ella hubiera hecho a Edgar le habría puesto una expresión de mayor perplejidad en el rostro.

De cualquier manera, tanto Edgar como el señor Staphopoulos ya no estaban. Se habían mudado a Carolina del Norte al final del verano anterior.

Raymie los había visto en el estacionamiento del supermercado Tag & Bag el día que se fueron. Todas las pertenencias del señor Staphopoulos estaban empacadas en su camioneta, e incluso llevaba algunas cosas sujetas al toldo. Edgar iba sentado en el asiento trasero, mirando directo al frente. Por supuesto, estaba sonriendo. El señor Staphopoulos abordaba el coche. Raymie lo llamó:

—Adiós, señor Staphopoulos.

—Raymie —respondió él, y se dio la vuelta—. Raymie Clarke —cerró la puerta de su camioneta y caminó hacia ella. Puso la mano sobre la cabeza de Raymie.

Hacía calor en el estacionamiento de Tag & Bag. Había gaviotas revoloteando y graznando, y la mano el señor Staphopoulos se sentía pesada y ligera al mismo tiempo.

El señor Staphopoulos vestía unos pantalones color caqui y sandalias. Raymie veía los pelos en sus pies. El silbato estaba colgado alrededor de su cuello y el sol se reflejaba en él y hacía que se viera como un pequeño círculo de luz. Parecía como si algo en medio del pecho del señor Staphopoulos estuviera en llamas.

El sol hacía destellar los carritos de súper abandonados y los volvía mágicos, hermosos. Todo relucía. Las gaviotas graznaban. Raymie pensó que algo maravilloso estaba a punto de suceder.

Pero no sucedió nada, excepto que el señor Staphopoulos dejó la mano sobre su cabeza por lo que pareció ser un largo tiempo, y luego la levantó, le dio un apretón en el hombro y dijo:

—Adiós, Raymie.

Sólo eso.

—Adiós, Raymie.

¿Por qué esas palabras eran tan importantes?

Raymie no lo sabía.

ONCE

Ya en casa, después de la muy extraña clase de malabarismo de bastón, Raymie se sentó en su habitación con la puerta cerrada y comenzó a llenar la solicitud para Pequeña Señorita Neumáticos de Florida. Era una fotocopia de dos páginas, y era obvio que el señor Pitt, el dueño de Neumáticos de Florida, la había mecanografiado. No lo había hecho muy bien. La solicitud estaba repleta de errores, que por algún motivo hacían que todo el plan (el concurso y que Raymie lo ganara y la consiguiente esperanza de que al ganarlo su papá volviera a casa) pareciera dudoso.

La primera pregunta estaba en mayúsculas. Decía: ¿QUIERES SER PEQUEÑA SEÑORITA NEUMÁTICOS DE FLORIDA 1975?

No había espacio para la respuesta, pero Raymie pensó que sería mejor hacerlo, ya que la solicitud decía: "Asegúrate de risponder TODAS las preguntas".

Raymie escribió SÍ muy apretado justo después del signo de interrogación. Usó puras mayúsculas. Pensó añadir un signo de exclamación, pero decidió no hacerlo.

Y luego escribió su nombre: Raymie Clarke.

Y su dirección: Calle Borton 1213, Lister, Florida.

Y luego su edad: 10.

Se preguntó si Louisiana y Beverly estarían sentadas en sus habitaciones llenando sus solicitudes. ¿Uno tenía que llenar la solicitud para un concurso si es que intentaba sabotearlo?

Raymie cerró los ojos y vio a Louisiana escribiendo en el aire las palabras *Los Elefantes Voladores* con el bastón. ¿Cómo podía competir Raymie con alguien proveniente del mundo del espectáculo?

Raymie abrió los ojos y miró por la ventana. La vieja señora Borkowski estaba sentada en una tumbona en medio de la calle. Las agujetas de sus zapatos estaban desatadas. Tenía el rostro levantado hacia el sol.

La mamá de Raymie decía que la señora Borkowski estaba chiflada. Raymie no sabía si eso era verdad o no. Pero ella pensaba que la señora Borkowski sabía cosas, cosas importantes. Algunas de las cosas que sabía las decía. Y se negaba a decir otras cosas que también sabía, a veces se limitaba a decir *Ffffftttt* cuando Raymie pedía más información.

La vieja señora Borkowski quizá sabía quiénes eran los Elefantes Voladores.

Raymie volvió a mirar la solicitud. Decía: "Por favor, enlista todas tus BUENAS OBRaS. Utiliza una hoja de papel adicional si es necesario".

¿Buenas obras? ¿Qué buenas obras?

El estómago de Raymie se encogió. Se levantó del escritorio, salió de su habitación, fue a la puerta principal y salió a la calle. Se paró enfrente de la tumbona de la señora Borkowski.

—¿Qué? —dijo la señora Borkowski sin abrir los ojos.

—Estoy llenando una solicitud —dijo Raymie.

—Sí, ¿y?

—Se supone que debo hacer buenas obras —dijo Raymie.

—Una vez —dijo la seora Borkowski. Chasqueó los labios. Sus ojos seguían cerrados—. Una vez algo pasó.

Obviamente, la señora Borkowski intentaba contar una historia. Raymie se sentó en medio de la calle a los pies de la señora Borkowski. El pavimento estaba tibio. Miró las agujetas desatadas de los zapatos de la señora Borkowski.

La señora Borkowski nunca se ataba los zapatos.

Era demasiado vieja para alcanzar sus pies.

—Una vez algo pasó —dijo de nuevo la señora Borkowski—. Estaba en un bote en el mar y vi que

47

un bebé era arrebatado de los brazos de su madre. Por un pájaro. Un pájaro marino gigante.

—¿Es una historia sobre una buena obra? —preguntó Raymie.

—Fue terrible, la forma en que la madre gritó.

—Pero la mamá recuperó al bebé, ¿verdad?

—¿De un pájaro marino gigante? Nunca —dijo la señora Borkowski—. Esos pájaros marinos gigantes se quedan con lo que roban. También roban botones. Y broches para el pelo —la señora Borkowski inclinó la cabeza y abrió los ojos y miró a Raymie. Ella parpadeó. La señora Borkowski tenía unos ojos muy tristes y extremadamente llorosos—. Las alas del pájaro marino eran enormes. Parecía como si pertenecieran a un ángel.

—¿Entonces el pájaro marino de hecho era un ángel? ¿Estaba haciendo una buena obra al salvar al bebé?

—Ffffttttt —dijo la señora Borkowski. Agitó la mano al aire—. ¿Quién sabe? Sólo te digo lo que sucedió. Lo que vi. Tómalo como quieras. Ven mañana y córtame las uñas de los pies, y te daré un poco de ese dulce divino, ¿de acuerdo?

—De acuerdo —dijo Raymie.

¿Cortar las uñas de los pies de la señora Borkowski contaba como una buena obra? Probablemente no. La señora Borkowski siempre le daba dulces a Raymie a cambio del corte de uñas, y si alguien te pagaba por hacer algo no podía ser una buena obra.

La señora Borkowski cerró los ojos. Recostó otra vez la cabeza. Después de un rato comenzó a roncar.

Raymie se levantó y entró a la casa y fue a la cocina.

Tomó el teléfono y marcó a la oficina de su papá.

—Aseguradora Familiar Clarke —dijo la señora Sylvester con su voz de pájaro de caricatura—. ¿Cómo podemos protegerlo?

Raymie guardó silencio.

La señora Sylvester aclaró la garganta.

—Aseguradora Familiar Clarke —dijo de nuevo—. ¿Cómo podemos protegerlo?

Fue agradable escuchar a la señora Sylvester decir por segunda vez: *¿Cómo podemos protegerlo?* De hecho, Raymie pensó que le gustaría escuchar a la señora Sylvester formular la pregunta varios cientos de veces al día. Era una pregunta tan amigable. Era una pregunta que prometía cosas buenas.

—¿Señora Sylvester? —dijo.

—Sí, querida —dijo la señora Sylvester.

Raymie cerró los ojos e imaginó el frasco gigante de caramelos sobre el escritorio de la señora Sylvester. A veces, por la tarde, el sol brillaba directo sobre el frasco y lo iluminaba de forma que parecía una lámpara.

Raymie se preguntó si eso estaba sucediendo en ese momento.

Detrás del escritorio de la señora Sylvester estaba la puerta de la oficina del papá de Raymie. La puerta estaría cerrada, y la oficina vacía. Nadie estaría sentado frente al escritorio de su papá porque él se había marchado.

Raymie trató de evocar su rostro. Intentó imaginarlo sentado en su oficina frente a su escritorio.

No pudo hacerlo.

Sintió una oleada de pánico. Apenas habían pasado dos días desde que su papá se había ido, y ella no podía recordar su rostro. ¡Debía traerlo de vuelta!

Recordó entonces por qué llamaba.

—Señora Sylvester —dijo—, uno tiene que hacer buenas obras para el concurso.

—Ay, corazón —dijo la señora Sylvester—, ése no es problema para nada. Sólo camina un par de calles hacia el asilo Valle Dorado y ofrece leer a uno de los residentes. A los mayores les encanta que les lean.

¿A los ancianitos les encantaba que les leyeran? Raymie no estaba segura. La vieja señora Borkowski era muy mayor y lo que siempre quería que Raymie hiciera era que le cortara las uñas de los pies.

—¿Qué tal estuvo tu primera clase de malabarismo de bastón? —preguntó la señora Sylvester.

—Estuvo interesante —dijo Raymie.

Una imagen de Louisiana Elefante cayendo de rodillas cruzó la cabeza de Raymie. A esta imagen le siguió una de Beverly Tapinski y su mamá peleándose por el bastón en medio de una nube de polvo de gravilla.

—¿No es emocionante aprender algo nuevo? —preguntó la señora Sylvester.

—Sí —dijo Raymie.

—¿Cómo está tu mamá, corazón? —dijo la señora Sylvester.

—Está sentada en el sillón en el invernadero. Lo hace muy a menudo. Básicamente eso es lo que hace. En realidad no hace nada más. Sólo se sienta ahí.

—Bueno —dijo la señora Sylvester. Hubo una larga pausa—. Todo va a estar bien. Ya verás. Todos hacemos lo que podemos.

—De acuerdo —dijo Raymie.

Las palabras de Louisiana flotaban en su mente. *Estoy demasiado aterrada para continuar.*

Raymie no dijo las palabras en voz alta, pero sintió que la atravesaban. Y la señora Sylvester —amable y con voz de pájaro— debió sentirlas también porque dijo:

—Sólo selecciona un libro adecuado para compartir, corazón, y luego ve al asilo Valle Dorado. Les alegrará mucho verte ahí. Sólo haz lo que puedas, ¿de acuerdo? Todo estará bien. Todo va a salir bien al final.

DOCE

*F*ue hasta que Raymie colgó el teléfono que se preguntó lo que había querido decir la señora Sylvester con un libro *adecuado*.

Entró a la sala y se detuvo sobre la alfombra amarilla y observó el librero. Todos los libros eran color café y se veían serios. Eran los libros de su papá. ¿Y si él volvía a casa y uno de los libros faltaba? Sintió que lo mejor sería no tocarlos.

Raymie fue a su habitación. En las repisas sobre su cama había conchas marinas y animales de peluche y libros. *¿Mis pequeños inquilinos?* No, era muy poco probable. Ningún adulto normal creería en personas pequeñitas que vivían debajo de la duela. *¿El oso Paddington?* Ese libro tenía un aire demasiado alegre y tonto para la seriedad de un asilo. *¿La casa del bosque?* Alguien muy mayor seguro había pasado toda su vida escuchando ese cuento y no querría escucharlo de nuevo.

Y entonces Raymie vio *Un camino luminoso y bri-llante: la vida de Florence Nightingale.* Era un libro que Edward Option le había dado el último día de clases. El señor Option era el bibliotecario de la escuela. Tenía que agachar la cabeza para entrar y salir de la biblioteca del colegio George Mason Willamette.

El señor Option se veía demasiado joven e inseguro como para ser un bibliotecario.

Además, sus corbatas eran demasiado anchas y en todas ellas aparecían imágenes extrañas y solitarias de playas desiertas, bosques encantados o platillos voladores.

A veces, cuando sostenía un libro, las manos del señor Option temblaban de nerviosismo. O tal vez era de entusiasmo.

De cualquier forma, el último día de clases, Edward Option le había dicho a Raymie:

—Eres tan buena lectora, Raymie Clarke, que me pregunto si estarás interesada en ampliar tu horizonte. Aquí tengo un libro que no es de cuentos, quizá te guste.

—De acuerdo —dijo Raymie, aunque no le interesaba para nada los libros sin cuentos. Le gustaban las historias.

El señor Option sacó *Un camino luminoso y brillante: la vida de Florence Nightingale.* En la portada aparecían docenas de soldados recostados boca arriba en lo que parecía un campo de batalla, y una señorita caminaba en medio de ellos cargando una lámpara sobre su cabeza, y los hombres extendían las manos hacia ella, como suplicando ayuda.

En ninguna parte de la imagen había un camino luminoso o brillante.

Parecía un libro horrible y deprimente.

—Tal vez —dijo el señor Option—, podrías leer esto durante el verano, y luego podríamos platicar sobre él cuando reanuden las clases.

—De acuerdo —dijo Raymie otra vez. Pero sólo accedió porque le caía muy bien el señor Option, y porque era tan alto y solitario y estaba tan ilusionado.

Había tomado el libro de Florence Nightingale, lo había llevado a casa y colocado sobre su repisa. Unos días después, su papá huyó con Lee Ann Dickerson y Raymie olvidó todo acerca de Edward Option y sus extrañas corbatas y su libro sin cuentos.

Pero quizás alguien en el asilo Valle Dorado querría escuchar sobre la vida de Florence Nightingale y su camino luminoso. Tal vez era justo lo que la señora Sylvester quería decir con un libro *apropiado*.

Tal vez todo saldría bien al final.

TRECE

El asilo Valle Dorado estaba a cuatro calles de la casa de Raymie. Podría haber ido en bicicleta, pero decidió caminar para tener tiempo de flexionar los dedos de los pies y poner en claro sus objetivos.

Todos los días en Salvamento 101, el señor Staphopoulos pedía a todos los alumnos que se detuvieran frente al muelle, flexionaran los dedos de los pies y aclararan sus objetivos. El señor Staphopoulos creía que flexionar los dedos de los pies despejaba tu mente, y una vez que tu mente estaba libre era fácil aclarar tus objetivos y descubrir qué hacer a continuación. Por ejemplo: salvar a quien se estuviera ahogando.

—¿Cuál es mi objetivo? —murmuró Raymie. Flexionó los dedos de los pies dentro de sus tenis—. Mi objetivo es hacer una buena obra. Y también convertirme en Pequeña Señorita Neumáticos de Florida para que mi papá vuelva a casa.

Se le encogió el estómago. ¿Y si ganaba Louisiana? ¿Y si Beverly saboteaba el concurso? ¿Y si el papá de Raymie nunca volvía a casa, sin importar lo que Raymie hiciera? Un pájaro marino gigante atravesó volando el cerebro de Raymie, con las garras extendidas.

—No, no, no —murmuró. Flexionó los dedos de sus pies. Aclaró su mente. Aclaró sus objetivos. *Haz una buena obra*, pensó. *Conviértete en Pequeña Señorita Neumáticos de Florida. Haz una buena obra. Haz una buena obra.*

Después de flexionar mucho los dedos de los pies, Raymie llegó al asilo Valle Dorado y descubrió que la puerta estaba cerrada con llave.

Había un letrero que decía ESTA PUERTA ESTÁ CERRADA. FAVOR DE TOCAR EL TIMBRE PARA ENTRAR. Una flecha señalaba un botón.

Raymie presionó el botón y escuchó que sonaba un timbre en alguna parte muy adentro del edificio. Esperó. Flexionó los dedos de los pies.

Un intercomunicador se encendió con un crujido.

—Habla Martha. Es un día dorado en el Valle Dorado. ¿Cómo puedo ayudarle?

—Hola —dijo Raymie.

—Hola —dijo la mujer llamada Martha.

—Este… —dijo Raymie—. Estoy aquí para hacer una buena obra.

—Eso es maravilloso, ¿no? —dijo Martha.

Raymie no estaba segura de si eso era una afirmación o una pregunta, así que no respondió. Hubo un largo silencio. Raymie dijo:

—Traje un libro sobre Florence Nightingale.

—¿La enfermera? —preguntó Martha.

—Este... —dijo Raymie—. Tiene una lámpara. Y el libro se llama *Un camino luminoso y brillante: la vida de Florence Nightingale.*

—Fascinante —dijo Martha.

El aparato hizo un crujido solitario.

Raymie respiró hondo. Dijo:

—¿Puedo entrar y leerle el libro a alguien?

—Claro —dijo Martha—. Ahora te abro.

Se escuchó un zumbido largo y ruidoso, y Raymie escuchó que se liberaba la cerradura de la puerta. Extendió la mano, tomó la manija y entró al asilo Valle Dorado. Dentro olía a cera para el piso y a ensalada de frutas y a algo más, un olor sobre el que Raymie no quería pensar demasiado.

Una mujer con un suéter azul sobre los hombros estaba de pie detrás de un mostrador al final del pasillo. Le sonrió a Raymie.

—Hola —dijo—. Soy Martha.

—Soy la persona que le va a leer a alguien —dijo Raymie, mostrando el libro que traía entre manos, el libro sobre Florence Nightingale.

—Claro, claro —dijo Martha. Salió de la parte trasera del mostrador—. Ven conmigo.

Tomó la mano de Raymie y la condujo por unas escaleras y dentro de una habitación donde el piso estaba pulido y brillaba tanto que ni siquiera parecía suelo. Parecía un lago.

El corazón de Raymie dio un brinco.

Tenía la sensación de que al fin comprendería cosas. Tenía esta sensación a menudo, de que alguna verdad le sería revelada. Lo había sentido en el estacionamiento de Tag & Bag con el señor Staphopoulos cuando se despedía de ella. Lo había sentido antes, ese mismo día, cuando estaba con Beverly y Louisiana en el patio de Ida Nee. A veces lo sentía sentada a los pies de la señora Borkowski.

Pero hasta ahora, la sensación nunca había permanecido.

La verdad nunca se había revelado.

Quizás esta vez sería diferente.

La habitación se expandió. El brillo se tornó más brillante. Raymie pensó en sabotear a los Elefantes Voladores. Pensó en su papá sentado en el café con Lee Ann Dickerson. Pensó en Edgar, el maniquí que simulaba ahogarse, y en un pájaro marino gigante con alas de ángel. Pensó en todas las cosas que no comprendía pero que deseaba comprender.

Y entonces el sol se ocultó detrás de una nube y el lago volvió a ser el suelo y Martha dijo:

—Vamos con Isabelle —y todo terminó. La sensación de estar a punto de comprender algo se había evaporado, y Raymie no era más sabia que antes.

Martha condujo a Raymie hacia una ancianita sentada en una silla de ruedas junto a una ventana.

—La vista de Isabelle ya no es como antes —dijo Martha—, así que no puede leer como solía.

—Puedo leer bien —dijo Isabelle.

—Bueno, eso no es verdad, Isabelle —dijo Martha—. Estás ciega como murciélago.

Isabelle empuñó la mano derecha y golpeó con ella el brazo de la silla de ruedas. *Huam, huam, huam.*

—No me molestes, Martha —dijo. Era una mujer pequeñita y su cabello era totalmente blanco, y alguien lo había trenzado en una complicada corona sobre su cabeza para que pareciera un hada marina. Sus ojos eran muy azules.

Martha volteó a ver a Raymie.

—¿Cuál es tu nombre, niña? —preguntó.

A Raymie nunca antes la habían llamado niña. Sabía que era una niña, por supuesto, pero era extrañamente confortante que alguien abordara la situación de forma directa.

—Me llamo Raymie —dijo.

—Isabelle —dijo Martha—. Ella es Raymie.

—¿Y qué? —dijo Isabelle.

—Le gustaría leerte sobre la vida de Florence Nightingale.

—Estás bromeando —dijo Isabelle.

—Isabelle —dijo Martha—, por favor. La niña quiere hacer una buena obra.

Isabelle miró a Raymie. Sus ojos brillaban. No parecía que estuviera ciega como un murciélago. Más bien era como si tuviera visión de rayos X.

Raymie sentía que Isabelle veía dentro de ella.

Encogió su alma, la empequeñeció lo más que pudo y la arrinconó a un lado, para ocultarla.

—¿Una buena obra? —preguntó Isabelle—. ¿Por qué quieres hacer una buena obra? ¿Exactamente cuál es tu propósito?

¿Su propósito? ¿Eso era lo mismo que un objetivo?

Raymie flexionó los dedos de sus pies.

—Sólo, este, hacer una buena obra —dijo.

Isabelle la miraba fijo. Raymie le sostuvo la mirada. Hizo su alma cada vez más pequeña. Se imaginó que se volvía tan pequeñita como el punto al final de una oración. Nadie la encontraría jamás.

—De acuerdo —dijo Isabelle después de lo que pareció mucho tiempo—. ¿Qué importa? Léeme acerca de Florence Nightingale.

—¿No es maravilloso? —le dijo Martha a Raymie—. A Isabelle le gustaría aprender sobre Florence Nightingale.

CATORCE

—Florence Nightingale no me interesa en lo más mínimo —dijo Isabelle mientras Raymie empujaba su silla de ruedas por un largo pasillo con puertas cerradas a los lados—. Los que hacen el bien no me interesan. Son las personas menos interesantes en el planeta. Y Florence Nightingale era de esas personas que hacen el bien, si es que en realidad alguna vez ha existido alguna.

—De acuerdo —dijo Raymie, porque no se le ocurría otra cosa que decir. También se le dificultaba hablar. Estaba sin aliento por empujar la silla de ruedas. Isabelle era más pesada de lo que parecía.

—Más rápido —dijo Isabelle.

—¿Qué? —dijo Raymie.

—Ve más rápido —dijo Isabelle.

Raymie intentó empujar la silla de ruedas más rápido. Sentía gotitas de sudor sobre el labio superior. Le dolían los brazos. También las piernas.

—¡Toma mi mano! —gritó una voz terrible detrás de una de las puertas cerradas.

—¿Qué fue eso? —preguntó Raymie. Dejó de empujar la silla de ruedas.

—¿Qué estás haciendo? —preguntó Isabelle—. ¿Por qué te detienes?

—¡Toma mi mano! —gritó de nuevo la voz. El corazón de Raymie brincó muy alto en su pecho, y luego se sumió.

—¿Quién es? —preguntó Raymie.

—Es Alice Nebbley —dijo Isabelle—. Ignórala. Sólo sabe decir una frase, y la repite día y noche. Es horrible soportar la monotonía de su petición.

A Raymie no le parecía que la voz perteneciera a alguien llamado Alice. Más bien sonaba como la voz de un trol de pie bajo un puente esperando a que un macho cabrío pasara por ahí.

El corazón de Raymie martillaba en algún lugar profundo de su ser. Se sentía como si hubiera cambiado de posición de manera permanente: desde su pecho hasta su estómago. Pensó en lo lindo que sería no temer nada, ser como Beverly Tapinski.

Raymie inhaló profundo y comenzó a empujar la silla de ruedas otra vez.

—Eso es —dijo Isabelle—. El truco es seguir moviéndote. Nunca dejar de moverte.

QUINCE

La habitación de Isabelle tenía una cama individual y una mecedora y una mesita de noche con un reloj sobre ella. Sobre la mecedora había una frazada. Las paredes estaban pintadas de blanco. El tictac del reloj sonaba muy fuerte.

—¿Me puedo sentar? —preguntó Raymie.

—No me importa —dijo Isabelle.

Raymie se sentó en la mecedora, pero se quedó muy quieta. No parecía un buen momento para mecerse.

—¿Puedo leer ahora? —preguntó. Levantó el libro de Florence Nightingale.

—No me leas ese libro —dijo Isabelle.

—De acuerdo —dijo Raymie. Flexionó los dedos de sus pies. Intentó aclarar sus objetivos, pero no podía pensar en qué hacer después. ¿Debía marcharse?

—¡Toma mi mano! —gritó Alice Nebbley.

La voz no se escuchaba tan fuerte como cuando estaban en el pasillo, pero era lo bastante sonora para provocar que Raymie se sobresaltara.

—Este lugar —dijo Isabelle.

Y entonces, de muy lejos, se escuchó música. Era música hermosa y triste. Alguien estaba tocando el piano. Por alguna razón, la canción hizo a Raymie pensar en los Elefantes Voladores (donde quiera que estuvieran) y su equipaje.

—No lo soporto —dijo Isabelle. Cubrió su rostro con las manos.

—¿Debería irme? —preguntó Raymie.

Isabelle levantó la vista y aguzó la mirada.

—¿Sabes escribir?

—¿Escribir? —preguntó Raymie.

—Cartas —dijo Isabelle—. Palabras. En un pedazo de papel —empuñó la mano y golpeó con ella el brazo de la silla de ruedas—. ¿Puedes poner palabras en papel? ¡Ay, la frustración de este mundo!

—Sí —dijo Raymie.

—Bien —dijo Isabelle—. Toma la libreta del cajón superior de la mesita de noche. Y la pluma. Escribe lo que diga, exactamente lo que diga.

¿Escribir para alguien más era una buena obra? Tenía que serlo. Raymie se puso de pie y tomó la pluma y la libreta. Regresó a su asiento.

—Para la administración —dijo Isabelle.

Raymie la miró.

—Escríbelo —dijo Isabelle, golpeando otra vez con el puño el brazo de la silla de ruedas—. Escríbelo, escríbelo.

—¡Toma mi mano! —gritó de nuevo Alice Nebbley.

Raymie inclinó la cabeza. Escribió *Para la administración*. Le temblaba la mano.

—Ya basta de música de Chopin en este establecimiento —dijo Isabelle.

Raymie levantó la vista.

—También escribe eso —dijo Isabelle.

Hubo un largo silencio en la habitación.

—No sé cómo se escribe *Chopin* —dijo Raymie finalmente.

—¿Qué les enseñan en esas escuelas? —preguntó Isabelle.

Raymie sabía que ésta era otra de las preguntas imposibles, incontestables, de los adultos. Esperó.

—Era un músico —dijo Isabelle—. Uno demasiado melancólico. *Chopin* es un nombre propio. Por lo tanto, comienza con una *C* mayúscula y después una *h* minúscula.

Y continuaron así; cuando terminaron, Raymie había escrito una carta de queja para Isabelle, en la que detallaba cómo el encargado del asilo Valle Dorado tocaba el tipo de música inapropiado en el piano de la sala común. Según Isabelle, la música de Chopin era demasiado lúgubre, y el encargado debía dejar de tocarla porque el mundo ya era lo bastante lúgubre por sí mismo. El asilo Valle Dorado, en particular, era demasiado triste, según Isabelle.

Era una carta muy larga.

Y cuando Raymie terminó de escribirla, Isabelle le pidió a Raymie que empujara su silla de ruedas fuera de la habitación y por el pasillo, y de vuelta a la sala común, donde el piso era sólo suelo y no un lago brillante, y donde había una caja de madera con la palabra SUGERENCIAS escrita a un costado con letras plateadas.

—Ponla ahí —dijo Isabelle.

—¿Yo? —preguntó Raymie.

—Tú la escribiste, ¿no? —dijo Isabelle.

Raymie puso la carta en la caja.

—Listo —dijo Isabelle—. Querías hacer una buena obra. Pues ya hiciste una.

Escribir una queja sobre música lúgubre no parecía ser una buena obra en absoluto. Parecía lo opuesto a una buena obra.

—Llévame de vuelta a mi habitación —dijo Isabelle—. Ya tuve suficiente.

Raymie pensó que ella también había tenido suficiente. Le dio la vuelta a la silla de ruedas y llevó a Isabelle a su habitación.

—¡Toma mi mano! —gritó Alice Nebbley mientras atravesaban el pasillo.

—Cierra la puerta cuando salgas —dijo Isabelle después de que Raymie la dejó en su habitación—. Y no regreses. No estoy interesada en personas que hacen buenas obras. De todas formas, las buenas obras son inútiles. Nada cambia. Nada importa.

El sol intentaba colarse por la ventana pequeña de la habitación de Isabelle. Raymie estaba parada en la puerta con Florence cerca de su pecho, como si el libro pudiera protegerla. Lo cual no podía hacer, por supuesto. Ella lo sabía.

Todo parecía deprimente, imposible.

—Archie, lamento haberte traicionado —dijo Raymie sin querer.

—Sí, bueno, pobre Archie, pobrecito Archie. Y qué mal que lo traicionaste —dijo Isabelle—, quien quiera que sea.

—Es un gato —dijo Raymie.

Isabelle miró fijo a Raymie con sus ojos azules y brillantes.

—¿Por eso querías hacer una buena obra, porque traicionaste a un gato?

—No —dijo Raymie—. Mi papá se fue.

—¿Y?

—Estoy intentando traerlo de vuelta —dijo Raymie.

—¿Con buenas obras? —preguntó Isabelle.

—Sí —dijo Raymie. Tal vez era por la visión de rayos X de Isabelle, o tal vez por su falta de compasión; por alguna razón, Raymie le dijo a Isabelle la verdad—. Voy a ganar un concurso y entonces seré famosa y él verá mi foto en el periódico y tendrá que volver a casa.

—Ya veo.

Justo entonces, el sol logró entrar por una esquina de la ventana de Isabelle y cayó en un pequeño cuadro de luz sobre el piso. Era muy brillante. Resplandecía. Parecía como la ventana a otro universo.

—Mire —dijo Raymie. Señaló el parche de sol.

—Lo veo —dijo Isabelle—. Lo veo.

DIECISÉIS

—¡*T*oma mi mano! —gritó Alice Nebbley cuando Raymie caminaba por el pasillo.

Raymie se detuvo. Escuchó. Flexionó los dedos de sus pies. Y luego caminó otra vez. Siguió el sonido de la voz de Alice.

Raymie necesitaba hacer una buena obra, y además necesitaba compensar la mala obra que recién había hecho. Eso significaba que tenía que hacer la mejor obra y la más valiente en la que pudiera pensar, la obra que menos quisiera hacer.

Tenía que ir a la habitación de Alice Nebbley y preguntarle si quería que le leyera.

Era un escenario terrorífico.

Raymie miró sus pies. Puso uno frente al otro. Se concentró en la voz de Alice.

La voz la condujo hasta una puerta con el número 323, y debajo del número había una tarjeta blanca. En la tarjeta estaba escrito *Alice Nebbley* en tinta negra.

Las letras del nombre se veían temblorosas e indefinidas, como si la misma Alice Nebbley las hubiera escrito.

Raymie flexionó los dedos de los pies. Tocó la puerta.

Y como nadie respondió, Raymie inhaló profundo, tomó la perilla de la puerta y la giró, entró. La habitación estaba a oscuras, pero Raymie vio que había alguien en la cama.

—¿Señora Nebbley? —murmuró Raymie.

No hubo respuesta.

Raymie dio unos pasos al interior de la habitación.

—¿Señora Nebbley? —repitió, un poco más fuerte esta vez. Escuchaba a quien estuviera en la cama respirando de forma áspera y ahogada.

—Ehh —dijo Raymie—. Estoy aquí para hacer una buena obra. ¿Le gustaría escuchar sobre un camino luminoso y brillante y, este, Florence Nightingale… señora Nebbley?

—Arrrrrrgggggggghhhhhh —gritó Alice Nebbley.

Era el ruido más terrorífico que Raymie hubiera escuchado en su vida. Era un sonido de dolor puro, de necesidad pura. El grito de Alice Nebbley perforó algo dentro de Raymie. Sintió que su alma salía volando hacia la nada.

—¡No puuuueeeeeeeedddddddooooo! —gritó Alice Nebbley—. Dameeeeeee —una mano salió de entre las sábanas. Estaba intentando alcanzar algo. ¡Intentaba alcanzarla a ella, Raymie Clarke!

Raymie brincó y *Un camino luminoso y brillante: la vida de Florence Nightingale* salió de sus manos y voló en el aire y cayó debajo de la cama de Alice Nebbley.

Raymie gritó.

Alice Nebbley gritó de vuelta.

—¡Arrrrrrggggggghhhhhh! ¡No puedo, no puedo soportar el dolor! ¡Toma mi mano!

Aún tenía la mano extendida, saliendo de las sábanas, buscando.

—¡Por favor, por favor, toma mi mano!

Raymie Clarke dio media vuelta y corrió.

Por largo rato, Raymie permaneció de pie sobre la acera frente al asilo Valle Dorado, flexionando los dedos de sus pies y aclarando sus objetivos.

Tenía que recuperar el libro. Ése era su único objetivo verdadero en ese momento. Era un libro de la biblioteca. Edward Option estaría muy decepcionado de ella si no lo devolvía. Ella ni siquiera lo había leído, y eso también lo decepcionaría. ¡Y habría multas, multas por retraso de entrega!

¿Y si tenía que pagar el libro?

Pero no podía volver a la habitación de Alice Nebbley. En verdad no sabía si era lo bastante valiente para regresar al asilo Valle Dorado.

Pensó en los ojos de rayos X de Isabelle.

Pensó en la mano de Alice Nebbley.

Pensó en los pájaros marinos gigantes que arrancaban bebés de los brazos de sus madres.

Y entonces escuchó la voz de Beverly Tapinski: *El miedo es una gran pérdida de tiempo. Yo no le temo a nada.*

Beverly. Beverly Tapinski y su navaja de bolsillo.

Beverly, que no le temía a nada.

De pronto, Raymie supo cuál era su objetivo.

Encontraría a Beverly y le pediría ayuda para recuperar a Florence Nightingale.

DIECISIETE

Fue sorprendente lo fácil que resultó encontrar a Beverly Tapinski.

Cuando Raymie acudió a las clases de malabarismo de bastón la tarde siguiente, Beverly estaba de pie bajo los pinos, mascando chicle y mirando de frente.

—Creí que ya no volverías —dijo Raymie.

Beverly guardó silencio.

—Me da gusto que lo hicieras.

Beverly volteó y la miró. Tenía un moretón en la cara, bajo su ojo izquierdo.

—¿Qué te pasó en la cara? —preguntó Raymie.

—No le pasó nada a mi cara —dijo Beverly. Mascó su chicle y miró fijo a Raymie. Los ojos de Beverly eran azules. No eran del mismo azul que los de Isabelle; eran más oscuros, más profundos. Pero tenían el mismo efecto que los ojos de Isabelle. Raymie sentía como si pudieran ver a través de ella, en su interior.

Miró a Beverly y comenzó a acomodar su alma para volverla invisible.

Y entonces llegó Louisiana Elefante.

Tenía puesto el mismo vestido rosa del día anterior. Pero hoy usaba broches en el pelo, seis broches. Éstos estaban desperdigados al azar en su cabellera rubia y lacia. Todos los broches eran idénticos: hechos de plástico rosa y brillante, con pequeños conejitos blancos pintados en ellos. Parecían conejitos fantasmas.

—Hoy no me voy a desmayar —dijo Louisiana.

—Qué buena noticia —dijo Beverly—. ¿Te conseguiste unos broches de conejitos, verdad?

—Son mis conejitos de la buena suerte. Olvidé ponérmelos ayer y mira lo que sucedió. Nunca más me los voy a quitar de la cabeza. ¿Qué tienes en la cara?

—No tengo nada en la cara —dijo Beverly.

En ese momento, Ida Nee se acercó hacia ellas marchando, con sus botas lustrosas y su bastón resplandeciente. Vestía una blusa de lentejuelas que chispeaba como escamas de pescado. Su cabello era muy amarillo. Parecía una sirena malencarada.

—Aquí vamos —dijo Beverly.

—¡De pie y atentas! —gritó Ida Nee—. ¡Párense derechas! Ésa es la primera regla para hacer malabarismo de bastón, erguirse como si se valoraran a sí mismas y su lugar en el mundo.

Raymie intentó erguirse derecha.

—¡Los hombros hacia atrás, la barbilla hacia arriba, los bastones frente a ustedes! —dijo ida Nee—. Y vamos a comenzar —alzó su bastón. Y luego lo bajó. Miró a Beverly—. Tapinski —dijo—, ¿estás mascando chicle?

—No.

Ida Nee saltó hacia Beverly. Su bastón relucía brillante, violento, bajo el sol de la tarde.

Y entonces, de forma increíble, el bastón aterrizó sobre la cabeza de Beverly.

Y allí dio una especie de rebote, debido a la punta de goma.

—No mientas —dijo Ida Nee—. Nunca me mientas. Escúpelo.

—No —dijo Beverly.

—¿Qué? —preguntó Ida Nee.

—No —repitió Beverly.

—Ay, Dios mío —dijo Louisiana. Puso la mano sobre el brazo de Raymie—. Heme aquí con mis conejitos de la suerte, pero creo que voy a desmayarme.

Raymie pensó que quizás ella también se desmayaría, aunque nunca antes se había desmayado y no tenía idea de que se sentía casi desmayarse. Louisiana se aferró a su brazo y Raymie se aferró a… ¿qué? No lo sabía. Supuso que se aferró al hecho de que Louisiana se aferraba a ella.

Ida Nee levantó el bastón para golpear a Beverly de nuevo.

Louisiana soltó el brazo de Raymie y emitió un sonido extraño, algo entre grito y chillido, y luego se abalanzó hacia delante y se aferró a la cintura de lentejuelas de Ida Nee.

—¡Detente! —gritó Louisiana—. ¡Detente!

—¿Pero qué ...? —dijo ida Nee—. Suéltame —intentó quitarse a Louisiana de encima, pero Louisiana la abrazaba con fuerza.

—No vuelvas a golpearla —dijo Louisiana—. Por favor, no lo hagas.

El Lago Clara brillaba. Los pinos se mecían. El mundo suspiró y rechinó, y Louisiana se aferró a Ida Nee como si nunca jamás la fuera a soltar.

—No le pegues, no le pegues —entonó Louisiana.

—No seas idiota —dijo Beverly.

Parecía un buen consejo, pero Raymie no estaba segura de a quién se dirigía.

—Por favor, no la lastimes —dijo Louisiana. Ahora estaba llorando.

—Quítate de encima —dijo Ida Nee empujando a Louisiana.

—Mira —dijo Beverly—, voy a escupir el chicle.

Escupió el chicle.

—¿Ves? —dijo—. Nadie va a lastimarme. Es imposible que me lastimen —dejó su bastón en el suelo y levantó las manos—. Ven aquí —dijo—. Todo está bien —jaló a Louisiana lejos de Ida Nee. Le dio una palmadita en la espalda—. ¿Ves? —dijo—. Todo está bien. Yo estoy bien.

Ida Nee parpadeó. Parecía confundida.

—Todo esto son tonterías —dijo—. Y ya saben lo que pienso de las tonterías —inhaló profundamente y se alejó marchando hacia su casa.

Y ése fue el final de la segunda clase de malabarismo de bastón.

DIECIOCHO

*L*as tres estaban en el muelle.

—A ver si lo tengo claro —dijo Beverly—. Quieres que entre a la habitación de una ancianita y que tome un libro sobre Florence Nightingale que está debajo de su cama.

—Sí —dijo Raymie.

—Porque te da miedo hacerlo.

—Ella grita —dijo Raymie—. Y es un libro de la biblioteca. Necesito recuperarlo.

—Yo también quiero ir —dijo Louisiana.

—No —dijeron Beverly y Raymie al unísono.

—Pero ¿por qué no? —preguntó Louisiana—. ¡Somos los Tres Rancheros! Estamos juntas en las buenas y en las malas.

—¿Los tres qué? —preguntó Raymie.

—Rancheros —dijo Louisiana.

—Son Mosqueteros —dijo Beverly—. Son los Tres Mosqueteros.

—No —dijo Louisiana—. Ellos son ellos. Nosotras somos nosotras. Y somos los Rancheros, nos rescatamos unas a otras.

—No necesito que me rescaten —dijo Beverly.

—Quiero ir con ustedes al Encalle Morado —dijo Louisiana.

—Es el Valle Dorado —dijo Raymie.

—Quiero ayudar a rescatar el libro de Florence Darksong.

—Nightingale —dijeron Raymie y Beverly al unísono.

—Y cuando terminemos con eso, podemos ir al Refugio Animal Amigable y rescatar a Archie.

—Escucha —dijo Beverly—. Déjame decirte algo. No existe el Refugio Animal Amigable. Ese gato hace mucho que desapareció.

—No desapareció —dijo Louisiana—. Lo voy a rescatar y ésa será mi buena obra para el concurso Pequeña Señorita Neumáticos de Florida 1975, y mi otra buena obra será ayudarlas a recuperar el libro. También voy a dejar de robar comida enlatada con Abu.

—¿Ustedes roban comida enlatada? —preguntó Raymie.

—Atún, sobre todo —dijo Louisiana—. Tiene muchas proteínas.

—Te lo dije —le dijo Beverly a Raymie—. Las observé y supe que eran criminales.

—No somos criminales —dijo Louisiana—. Somos supervivientes. Somos guerreros.

Entonces hubo un largo silencio. Las tres miraron el Lago Clara. El agua brillaba y suspiraba.

—Una señora se ahogó en este lago —dijo Raymie—. Su nombre era Clara Wingtip.

—¿Y? —dijo Beverly.

—Ella lo tiene hechizado —dijo Raymie—. En la oficina de mi papá hay una foto del lago visto desde el aire, y se puede ver la sombra de Clara Wingtip bajo el agua.

Beverly bufó.

—No creo en cuentos de hadas.

—A veces se puede oír su llanto —dijo Raymie—. Eso es lo que dicen.

—¿De verdad? —preguntó Louisiana. Se acomodó los broches, se colocó el pelo detrás de una oreja y se inclinó hacia el lago.

—Ay —dijo—. Puedo escucharlo. Escucho el llanto.

Beverly bufó.

Raymie escuchó.

También escuchó el llanto.

DIECINUEVE

—*E*ntonces, de acuerdo —dijo Beverly—. Tú recuperas el libro y tú el gato. ¿Pero qué obtengo yo?

Estaban recostadas boca arriba en el muelle de Ida Nee, mirando el cielo.

—Bueno, ¿tú qué quieres? —preguntó Louisiana.

—No quiero nada —dijo Beverly.

—No te creo —dijo Louisiana—. Todo mundo quiere algo: todos desean algo.

—Yo no deseo. Yo saboteo.

—Ay, por favor —dijo Louisiana.

Raymie guardó silencio.

Miró el cielo increíblemente brillante y recordó que la señora Borkowski una vez le dijo que si estás en un agujero lo bastante profundo a la luz del día, y miras al cielo desde ahí, puedes ver las estrellas aunque sea pleno día.

¿Sería cierto?

Raymie no lo sabía. La señora Borkowski proporcionaba mucha información dudosa.

—Ffffftttttt —dijo Raymie muy quedo, para sí misma.

Y entonces pensó en cómo en los cuentos de hadas la gente pide tres deseos y ninguno resulta bien al final. Si los deseos se volvían realidad, lo hacían de formas terribles. Los deseos eran cosas peligrosas. Ésa era la idea con la que uno se quedaba al leer cuentos de hadas.

Tal vez Beverly era lista por no desear.

De alguna parte detrás de ellas, en la casa de Ida Nee, se escuchó un fuerte rechinido, seguido por un estallido y luego un ruido sordo.

—Ya llegó Abu —dijo Louisiana. Se sentó.

—¡Louisiana! —alguien gritó—. ¡Louisiana Elefante!

Raymie también se sentó.

—¿Quiénes eran los Elefantes Voladores? —preguntó.

—Ya te dije —dijo Louisiana—. Mis papás.

—Pero, ¿qué significa? La parte voladora. ¿Qué hacían?

—Bueno, Dios mío —dijo Louisiana—. Eran artistas del trapecio, por supuesto.

—Por supuesto —dijo Beverly.

—Volaban por el aire con gran facilidad. Eran famosos. Tenían maletas personalizadas.

—Louisiana Elefanttteeeeee.

—Abu está ansiosa —dijo Louisiana—. Tengo que irme —se puso de pie y se alisó el vestido. Sus broches de conejitos brillaban bajo la luz del sol. Cada broche parecía tener un propósito, estar vivo, como si estuviera ocupado recibiendo mensajes de muy lejos.

Louisiana le sonrió a Raymie. Era una sonrisa hermosa. Y por un minuto, Louisiana se vio casi como un ángel, con su vestido rosa y el cielo azul encendido detrás de ella y todos sus broches brillando.

—Ellos murieron —dijo Louisiana.

—¿Qué? —preguntó Raymie.

—Mis papás. Murieron. Ya no son los Elefantes Voladores. Ya no son nada. Están en el fondo del océano. Iban en un barco que se hundió. ¿Han escuchado sobre eso?

—No hemos escuchado sobre eso —dijo Beverly, quien seguía recostada de espaldas sobre el muelle, mirando el cielo—. ¿Por qué habríamos de saber de un barco hundido?

—Bueno, como sea. Fue hace mucho y muy lejos. Y fue una gran tragedia. Todo el equipaje de los Elefantes Voladores se hundió en el fondo del océano y mis papás se ahogaron. Y por eso es que no he aprendido a nadar.

—*Eso* sí tiene sentido —dijo Beverly.

—Ahora sólo quedamos Abu y yo. Y Marsha Jean, claro. Ella quiere atraparme y encerrarme en la casa hogar del condado, donde sólo te dan mortadela de comer. Es muy terrorífico cuando piensas en ello. Así que intento no hacerlo.

—¡Louisiannnnnnnaaaa! —gritó su abuela.

Louisiana se inclinó y recogió su bastón.

—Las veré mañana en el Feliz Hogar de Retiro Valle Dorado en la esquina de la calle Borton y la avenida Grint a las doce del día en punto.

—De acuerdo.

—No es el Feliz Hogar de Retiro Valle Dorado —dijo Beverly—. Es un asilo.

—Adiós, ¡y que vivan los Rancheros! —gritó Louisiana mientras se alejaba.

—¿Crees que sus papás en realidad eran trapecistas? —le preguntó Raymie a Beverly.

—No me importa si lo eran —dijo Beverly—. Pero no lo eran.

—Ah —dijo Raymie.

Desde arriba en la casa se escuchó el sonido de la camioneta Elefante alejándose. Hizo un ruido muy fuerte, como de un cohete espacial descompuesto que intenta escapar de la atmósfera de la Tierra.

—Quizá debería subir —dijo Raymie—. Mi mamá llegará pronto.

—¿Dónde está tu papá?

—¿Qué? —preguntó Raymie.

—Tu papá. ¿Volvió a casa? —preguntó Beverly. De pronto el moretón en su rostro parecía más oscuro, más malévolo.

—Eso pensé —dijo Beverly.

Raymie sintió que su alma se encogía. El cielo ya no se veía tan azul. Decidió que no creía para nada todo lo que la señora Borkowski había dicho sobre las estrellas a la luz del día y los agujeros negros. Su mamá tenía razón. La señora Borkowski estaba demente.

Tal vez.

Ffffftttt.

—Mira —dijo Beverly—. No te sientas mal. Simplemente así son las cosas. La gente se va y no regresa. Alguien tiene que decirte la verdad —se puso de pie y se estiró, y luego se inclinó para recoger su bastón—. Pero no te preocupes: vamos a recuperar tu estúpido libro de la biblioteca de debajo de la cama de aquella ancianita porque es algo fácil de hacer. Eso no es ningún problema.

Beverly lanzó el bastón al aire una vez, dos, tres veces. Cada vez lo atrapó sin mirar siquiera.

—Entonces nos vemos mañana —dijo Beverly Tapinski.

Y se alejó.

VEINTE

Se encontraron en el asilo Valle Dorado a las doce del día siguiente, que era sábado, y no era día de malabarismo de bastón.

Louisiana llegó primero.

Raymie la vio de pie en la esquina desde una calle antes. Brillaba. Tenía un vestido dorado con lentejuelas plateadas en el dobladillo y lentejuelas doradas salpicadas alrededor de sus mangas de gasa. Llevaba más broches en el pelo. Todos los broches eran rosas y tenían conejitos. ¿Quién diría que había tantos broches de conejitos en el mundo?

—Hoy traigo puestos algunos broches de conejitos de superbuena suerte —dijo Louisiana.

—Te ves muy bien —dijo Raymie.

—¿Crees que el anaranjado y el rosa combinan?, ¿o sólo es mi imaginación?

Raymie no tuvo oportunidad de responder su pregunta porque Beverly llegó. Parecía enojada. El moretón en su rostro había pasado de negro a un verde enfermizo.

—¿Entonces? —dijo Beverly al acercarse a ellas.

Raymie no estaba segura de a qué se refería su pregunta, pero no la tomó como una buena señal. Fue a tocar el timbre antes de que Beverly pudiera cambiar de opinión sobre ayudarla.

El intercomunicador crepitó. Martha dijo:

—Es un día dorado en el Valle Dorado. ¿Cómo puedo ayudarle?

Raymie escuchó que Beverly bufaba.

—¿Cómo puedo ayudarle? —preguntó Martha de nuevo.

—¿Martha? —dijo Raymie—. Soy yo, eh, Raymie Clarke. Visité a Isabelle hace un par de días y quería hacer una buena obra —una ola de mareo invadió a Raymie. Recordó la carta de queja que había escrito para Isabelle. ¿Sabría Martha que ella la había escrito? ¿Se lo recriminaría? ¿Comprendería que Raymie sólo había intentado hacer una buena obra? ¿Por qué todo era tan complicado? ¿Por qué las buenas obras eran cosas tan rebuscadas?

—Ah, Raymie, sí —dijo la voz crepitante de Martha—. Claro, claro. Isabelle estará feliz de verte otra vez.

Raymie no creyó que eso fuera necesariamente verdad.

—¡También nosotras estamos aquí! —gritó Louisiana al aparato—. Somos los Tres Rancheros, y vamos a…

Beverly puso una mano sobre la boca de Louisiana.

La puerta zumbó y Raymie la jaló para abrir. Beverly retiró la mano de la boca de Louisiana y las tres entraron al asilo Valle Dorado, donde Martha estaba de pie, igual que la vez pasada, detrás del mostrador al final del pasillo, sonriendo.

A Raymie la alegró verla.

Pensó que cuando uno muere, si hay alguien esperando a recibirte en el cielo, entonces esa persona probablemente, con suerte, se parecería a Martha: sonriente, indulgente, dorada y con un suéter azul mullido sobre los hombros.

—Ah —dijo Martha—. Trajiste amigas.

—Somos los Tres Rancheros —dijo Louisiana—. Estamos aquí para corregir un mal.

—Por favor, por favor —dijo Beverly.

—Qué vestido tan adorable —le dijo Martha a Louisiana.

—Gracias —respondió Louisiana. Se dio la vuelta para que sus mangas flotaran y las lentejuelas brillaran—. Lo hizo mi Abu. Ella hace todos mis vestidos. Solíamos hacer el vestuario para mis papás, que eran los Elefantes Voladores.

—Qué interesante —dijo Martha—. Y me preguntó qué te pasó en la cara —le dijo a Beverly.

—Es sólo un moretón —dijo Beverly en una voz extremadamente educada—. De una pelea. Estoy bien.

—Muy bien —dijo Martha—. Siempre y cuando estés bien. Vengan conmigo las tres —tomó la mano de Louisiana—. Vamos a ir arriba a ver quién quiere una buena obra hoy. Las visitas siempre son bienvenidas en el Valle Dorado.

Beverly miró a Raymie y puso los ojos en blanco, pero se dio la vuelta y siguió a Martha y Louisiana por las escaleras.

Raymie caminaba detrás de Beverly. Justo al inicio de las escaleras, un instante antes de empezar a subir, a Raymie la invadió un repentino y lacerante momento de incredulidad. ¿Cómo había llegado ella, Raymie Clarke, hasta ahí, al asilo Valle Dorado, caminando detrás de Martha y Louisiana y Beverly, gente que no conocía hasta hacía unos días?

Raymie miró los escalones. Cada escalón tenía una franja oscura para evitar que la gente se resbalara.

—Todas somos malabaristas de bastón —escuchó que Louisiana le decía a Martha—. Y todas vamos a competir en el concurso Pequeña Señorita Neumáticos de Florida 1975.

—Eso es fascinante —dijo Martha.

Beverly bufó.

Raymie flexionó los dedos de los pies. Se recordó a sí misma lo que estaba haciendo. Estaba recuperando el libro para hacer una buena obra, para ganar el concurso, para traer a su papá de vuelta a casa. Puso un pie sobre la primera franja oscura antiadherente, y luego sobre la siguiente y la siguiente.

Subió las escaleras.

VEINTIUNO

La sala común estaba totalmente vacía. El piso brillaba, pero de una manera ordinaria. El piano en silencio. Había varios helechos ralos colgando del techo y un rompecabezas sin terminar en una pequeña mesa al centro de la sala. La caja del rompecabezas estaba acomodada para mostrar la imagen que resultaría cuando estuviera armado: un puente cubierto en otoño.

—Bueno —dijo Martha—. Debo regresar a mi puesto de trabajo. Quizás ustedes tres puedan seguir desde aquí hasta la habitación de Isabelle, para preguntarle si desea que la visiten.

—De acuerdo —dijo Raymie.

—Muchas gracias —dijo Beverly en la misma voz terriblemente educada que había usado antes.

—Me gusta esta habitación —dijo Louisiana—. Se podría bailar en este piso. Podría montarse un espectáculo aquí.

—Bueno —dijo Martha—, supongo que se podría. No hay mucho baile aquí, y no creo que nunca haya habido un espectáculo. Pero tal vez algún día. ¿Quién sabe? —Martha sacudió la cabeza. Luego aplaudió—. Muy bien, chicas. Sólo deben atravesar el corredor. Raymie, ya sabes cuál es la puerta de Isabelle.

Raymie asintió. Sabía cuál era la puerta de Alice Nebbley. Eso era lo importante.

—Claro —dijo Beverly cuando Martha se fue—. ¿Qué habitación?

—Por aquí —dijo Raymie. Beverly y Louisiana la siguieron por el pasillo, y conforme se acercaban lo escucharon.

—¡Toma mi mano! —gritó Alice Nebbley.

—Ay, Dios mío —dijo Louisiana—. Regresemos. No hay que hacerlo.

—Cállate —dijo Beverly.

Louisiana alcanzó a Raymie y la tomó de la mano, y Raymie tuvo la extraña sensación de que aferrarse a la mano de Louisiana era como sujetar la pata de uno de los conejitos fantasmas de sus broches. Casi no estaba ahí.

Pero aun así, por algún motivo, tener la mano de Louisiana en la suya era reconfortante.

—¡Toma mi mano! —gritó de nuevo Alice Nebbley.

—Sólo háganse a un lado —dijo Beverly. Empujó a Raymie y Louisiana, y entró directo a la habitación de Alice Nebbley sin tocar antes. Raymie vio que la habitación estaba a oscuras, como lo había estado antes, oscura como una cueva, oscura como una tumba.

—Entró a la habitación —le dijo Louisiana a Raymie.

—Sí —dijo Raymie—. Entró.

Se quedaron juntas, de pie en el pasillo, y observaron la oscura silueta de Beverly Tapinski. Estaba de pie junto a la cama.

—¡Arrrrrggggg! —gritó Alice Nebbley desde la penumbra, y Louisiana y Raymie se sobresaltaron.

—Está debajo de la cama —dijo Raymie en voz alta.

—Ya lo sé —dijo Beverly desde dentro de la oscuridad—. Me lo dijiste mil veces. Si hay algo que sé, es dónde se supone que está el estúpido libro.

Raymie vio la sombra de Beverly agacharse y desaparecer.

—No hay ningún libro aquí abajo —dijo Beverly en voz baja un minuto después.

—Tiene que estar —dijo Raymie.

—No está aquí —dijo Beverly. Su sombra reapareció—. No está en ninguna parte aquí dentro. No sé. Quién sabe qué harán los mayores con los libros. Tal vez se lo comió. O está recostada sobre él.

Y entonces, en vez de salir de la habitación, Beverly se acercó a la cama de Alice Nebbley.

—No te preocupes —dijo Raymie—. Déjalo. Regresa —de pronto temió que Beverly hiciera algo drástico e impredecible, como intentar levantar a Alice Nebbley para buscar debajo de ella.

—¡Arrrrrgggggg! —gritó Alice Nebbley—. No puedo. No puedo. No puedo soportar el dolor.

—Ay, no —dijo Louisiana—. Es demasiado terrible. No puede soportar el dolor. Yo no soporto el dolor de ver que ella no puede soportar el dolor —apretó la mano de Raymie tan fuerte que dolió.

—¡Toma mi mano! —gritó Alice Nebbley.

Y entonces, al igual que antes, un brazo enflaquecido abandonó las sábanas como si estuviera emergiendo de una tumba. Louisiana gritó y Raymie soltó un gemido, y en la habitación oscura y trágica de Alice Nebbley, Beverly permaneció de pie, tranquila, sin sobresaltarse ni moverse. Y entonces, despacio, tomó la mano extendida.

—¡Ayyyyyyyyy! —dijo Louisiana—. Tomó su mano. Ahora esa mujer va a jalar a Beverly a la tumba. La va a matar y la usará para fabricarse un alma nueva.

Raymie no había imaginado ninguno de estos espantosos resultados en particular, pero sentía un profundo pavor.

—No, no —dijo Louisiana—. No puedo quedarme aquí, sólo viendo —soltó la mano de Raymie—. Iré a buscar ayuda.

—No lo hagas —dijo Raymie.

Pero Louisiana ya corría por el pasillo, con su vestido de lentejuelas brillando y reluciendo de forma decidida.

Raymie se quedó sola, mirando a Beverly quien, aún sosteniendo la mano de Alice Nebbley, se sentó en la cama.

—Shhh —dijo Beverly.

Alice Nebbley dejó de gritar.

—Todo va a estar bien —dijo Beverly. Y luego, increíblemente, comenzó a canturrear.

¿Qué hacía Beverly Tapinski —la ladrona de cajas fuertes, la que forzaba cerraduras, la que golpeaba la gravilla— sentada en la cama de Alice Nebbley, sosteniendo su mano, diciéndole que todo estaría bien, y *canturreándole*?

No parecía posible.

Y de pronto Louisiana estaba otra vez de pie junto a Raymie. Su pequeño pecho subía y bajaba. Un silbido salía de sus pulmones.

—Lo encontré —dijo.

—¿Qué? —dijo Raymie.

—Lo encontré. Encontré tu libro de Florence Juatsintel.

—Nightingale —dijo Raymie.

—Sí —dijo Louisiana—. Nightingale. Nightingale. Está en la oficina del encargado. Entré para ver si el encargado podría ayudar a Beverly a luchar contra el duende y entonces, ¡sorpresa! ¡Encontré el libro! También solté al pájaro.

—¿Qué pájaro? —preguntó Raymie.

—Un pajarito amarillo. En la jaula de la oficina del encargado.

En este momento, alguien en el asilo Valle Dorado gritó, y no era Alice Nebbley.

—Tuve que treparme al escritorio para hacerlo —dijo Louisiana—. Y entonces tuve que salir aprisa y olvidé tu libro. No creo que los pájaros deban estar en jaulas, ¿y tú?

Se escuchó otro grito y pies corriendo.

Beverly salió de la habitación de Alice Nebbley.

—¿Qué pasó? —preguntó.

—No estoy segura —dijo Raymie.

—¡Encontré el libro! —dijo Louisiana.

Un pajarito amarillo cruzó el pasillo zumbando y pasó por encima de sus cabezas.

—¿Eso fue un pájaro? —preguntó Beverly.

En su habitación, Alice Nebbley descansaba en completo silencio.

Raymie esperaba que no estuviera muerta.

VEINTIDÓS

*E*l encargado llegó corriendo por el pasillo. Sus llaves tintineaban y sus botas de encargado emitían un sonido muy autoritario al golpear el piso pulido del asilo Valle Dorado.

El encargado tenía una mirada decidida. No parecía en lo más mínimo un hombre que tocara música lúgubre al piano. Sus dedos eran demasiado gruesos. Tampoco se veía como alguien que tuviera un pájaro amarillo.

—Oh-ohh —dijo Louisiana—. Rápido. Síganme.

Louisiana las condujo por el pasillo.

—Por aquí —dijo—. Justo aquí.

Señaló una pequeña habitación con la puerta abierta. Dentro de la habitación había un escritorio, y justo en el centro del escritorio estaba *Un camino luminoso y brillante: la vida de Florence Nightingale*.

—¿Ése es? —preguntó Beverly—. ¿Ése es tu estúpido libro de la biblioteca?

Arriba del escritorio había una jaula de pájaros, meciéndose de adelante hacia atrás. Estaba vacía. La pequeña puerta de la jaula estaba abierta.

Algo acerca de la puerta abierta de la jaula entristeció a Raymie.

En ese momento, en su casa, probablemente la mamá de Raymie estaba sentada en el sofá mirando a la nada. La señora Borkowski quizás estaba en su tumbona en medio de la calle. Y la señora Sylvester seguro estaba en su escritorio, tecleando, con el frasco gigante de caramelos frente a ella, temblando un poco por el tecleo de la máquina de escribir eléctrica.

¿Y el papá de Raymie? Tal vez estaba sentado en el café junto a la asistente de dentista. Tal vez los dos miraban el menú. Tal vez pensaban qué ordenar.

¿Su padre pensaba en ella?

¿Y si ya la había olvidado?

Ésas eran preguntas que Raymie quería plantearle a alguien, pero no tenía a quién.

—¿Por qué te quedas ahí parada? —dijo Beverly—. ¿Vas a ir por el libro o no?

—Bueno, Dios mío —dijo Louisiana—. Yo voy por el libro.

Corrió a la oficina del encargado, tomó a Florence Nightingale del escritorio y salió corriendo.

De algún lugar en el asilo Valle Dorado se escuchó otro grito.

—Creo que ya debemos irnos —dijo Louisiana.

—Buena idea —dijo Beverly.

Y las tres comenzaron a correr.

VEINTITRÉS

Afuera, frente al asilo Valle Dorado, Louisiana sostenía el libro, Beverly estaba sentada en la banqueta y Raymie permanecía de pie, mirando hacia la nada.

—Ustedes dijeron que yo no iba a servir para nada —dijo Louisiana—. Pero yo encontré el libro y lo recuperé. ¡Y liberé al pájaro!

—Nadie te dijo que liberaras a un pájaro —dijo Beverly.

—Sí —dijo Louisiana—. Esa parte fue extra, una buena obra extra.

El corazón de Raymie retumbaba en lo profundo de su ser. Buenas obras, buenas obras. Estaba tan lejos de las buenas obras que no creía que alguna vez pudiera ponerse al corriente.

—Tú... —dijo Beverly. Pero lo que fuera que intentaba decir después fue interrumpido por la aparición de la camioneta Elefante. Iba apresurada por la calle Borton, emitiendo enormes nubes de humo negro.

—Mira —dijo Raymie. Era una directriz del todo innecesaria. Habría sido imposible no verla.

La camioneta se estacionó junto a la banqueta y se detuvo. Una pieza de panel de madera decorativa se estaba descarapelando y colgaba en un ángulo extraño. Aleteaba de adelante hacia atrás.

—¡Sube, sube! —gritó la abuela a Louisiana—. Viene detrás de mí. No hay tiempo que perder.

—¿Marsha Jean? —preguntó Louisiana—. ¿Nos viene siguiendo el rastro?

—¡Apresúrense! —dijo la abuela de Louisiana—. ¡Todas ustedes!

—¿Todas nosotras? —preguntó Raymie.

—¡No se queden ahí! —gritó la abuela—. ¡Suban al coche!

—¡Suban al coche, suban al coche! —gritó Louisiana, brincando—. ¡Rápido. Marsha Jean nos persigue!

Beverly miró a Raymie. Se encogió de hombros. Caminó hacia la camioneta y abrió la puerta trasera.

—Ya la escuchaste —dijo Beverly. Mantuvo la puerta abierta—. Pronto. No hay tiempo que perder.

—¡Vamos! —dijo Louisiana. Trepó a la camioneta. Raymie subió después de ella y Beverly al final. Azotó la puerta y ésta de inmediato se abrió de nuevo.

La camioneta aceleró tan rápido que todas fueron lanzadas contra el asiento. La puerta descompuesta se azotaba y se abría de nuevo.

—Ay, Dios mío —dijo Louisiana—. Aquí vamos.
Y se fueron.

VEINTICUATRO

La abuela de Louisiana no creía en los letreros de *alto*, o no los veía, o tal vez no pensaba que apliquen para ella. Por la razón que fuera, la camioneta Elefante pasaba de largo todos los letreros de alto sin reducir ni un poco la velocidad.

Avanzaban muy, muy rápido, y la camioneta hacía muchos ruidos: crujidos (de la pieza de madera suelta de un costado), retumbos (de la puerta que no cerraba) y una cacofonía de chirridos mecánicos: los sonidos estresados y desesperados que un motor hace cuando es forzado más allá de sus límites.

Además, desde el asiento trasero no era posible ver la cabeza de la abuela de Louisiana, así que parecía que estaban siendo llevadas por una persona invisible.

Todo se sentía como un sueño.

—No se preocupen —dijo Louisiana—. Abu es la mejor. Ha burlado a Marsha Jean todas las veces.

Beverly bufó.

En ese momento, la camioneta comenzó a ir más rápido. Raymie había creído que eso no era posible.

Raymie miró a Beverly y alzó las cejas.

—Estamos escapando —dijo Beverly. Sonrió, mostrando un diente de enfrente despostillado. Raymie no estaba segura, pero pensó que quizás era la primera vez que veía a Beverly Tapinski sonreír de verdad.

Louisiana rio.

—¡Así es! —dijo—. ¡Estamos escapando!

Desde el asiento de adelante la invisible abuela rio.

Y entonces Raymie también se reía.

Algo le estaba sucediendo. Su alma se volvía cada vez más grande. Sentía que casi la elevaba de su asiento.

—El truco con la gente como Marsha Jean —dijo la abuela de Louisiana— es ser siempre astuta, luchar, nunca rendirse y nunca ceder.

La camioneta iba un poco más rápido.

Raymie comprendió que, técnicamente, ella debería de tener miedo. Estaba en un auto que avanzaba demasiado rápido y que era conducido por una persona invisible. Además, la camioneta sonaba como si fuera a desbaratarse en cualquier momento.

Pero Louisiana estaba de su mismo lado, con sus broches de conejitos y sus lentejuelas y el libro de Florence Nightingale entre sus brazos, con moretones y manos mugrosas, y olía a una extraña combinación de aceite de motor y algodón de azúcar. Un viento brioso soplaba en el auto y el alma de Raymie era más grande que nunca antes y no sentía ni un ápice de miedo.

Volteó hacia Beverly y le dijo:

—Sostuviste la mano de Alice Nebbley.

—¿Y qué? —dijo Beverly. Encogió los hombros. Sonrió de nuevo—. Me lo pidió.

—Estoy muy contenta —dijo Louisiana—. De pronto me siento llena de felicidad. ¿Puedo cantar, Abu?

—Claro que puedes, cielo —dijo su abuela.

Así que Louisiana comenzó a cantar *"Raindrops Keep Fallin' on My Head"* con la voz más hermosa que Raymie había escuchado en su vida. Sonaba como un ángel. No era que Raymie hubiera escuchado alguna vez cantar a un ángel. Pero de todas formas así era como sonaba. Raymie escuchó y miró por la ventana los letreros de alto pasando de prisa.

Por algún motivo, aunque la canción no era una canción triste, hizo a Raymie pensar en cosas tristes. La hizo pensar en la luz de la cocina de su casa, la que estaba arriba de la estufa, la que su mamá dejaba encendida toda la noche.

La hizo pensar en una vez que fue a la cocina a la mitad de la noche por un vaso de agua y vio a su papá sentado a la mesa con la cabeza entre las manos.

Él no la vio. Y Raymie retrocedió despacio y volvió a la cama sin decirle nada.

¿Qué estaba haciendo en la mesa, solo, con la cabeza entre las manos?

Ella debió decirle algo.

Pero no lo hizo.

Louisiana terminó de cantar y su abuela dijo:

—Le hace bien a mi corazón escucharte cantar, Louisiana. Me hace creer que todo estará bien.

—Todo va a estar bien, Abu —dijo Louisiana—. Te lo prometo. Voy a ganar ese concurso y vamos a ser tan ricas como Creso.

—Eres la mejor nieta que una vieja podría desear. ¿Y ahora podrías ver dónde estamos?

—¡En casa! —dijo Louisiana.

—Sí —dijo su abuela.

La camioneta redujo la velocidad y pasó del pavimento a un camino de tierra.

—¡Todas podemos comer juntas algo de atún! —dijo Louisiana.

—Oh, cielos —dijo Beverly.

Y entonces llegaron al final del camino de tierra y frente a ellas apareció una casa gigantesca. El porche frontal estaba caído y la chimenea inclinada, como si estuviera considerando algo importante. Algunas ventanas estaban tapiadas.

—Vamos —dijo Louisiana—. Ya estamos aquí.

—¿De verdad? —dijo Beverly.

—Sí —dijo la abuela de Louisiana—. Hemos burlado a Marsha Jean y estamos en casa.

VEINTICINCO

En la cocina había varios montones de latas de atún vacías. Las paredes estaban pintadas de verde, y por primera vez Raymie vio a la abuela frente a frente. Era como mirar a Louisiana en una casa de los espejos. El cabello de la abuela era gris y su rostro estaba arrugado, pero fuera de eso se veía idéntica a su nieta. Era pequeñita, tenía broches de conejitos en el pelo, lo que era extraño porque uno no necesariamente pensaría que las ancianitas usaran broches.

—Bienvenidas, bienvenidas —dijo la abuela, abriendo anchos los brazos—. Bienvenidas a nuestra humilde morada.

—Sí —dijo Louisiana—. Bienvenidas.

—Gracias —dijo Raymie.

Beverly meneó la cabeza. Deambuló por la cocina y por la sala.

—Es un placer conocer a la mejor amiga de Louisiana —le dijo la abuela a Raymie.

—¿Yo? —dijo Raymie.

—Ay, sí, tú. Raymie por aquí y Raymie por allá, todo el santo día. Debe ser maravilloso ser tan idolatrada. A ver. Déjenme encontrar el abrelatas —dijo la abuela—, y tendremos un festín de atún para todas.

—Ay, Dios mío —dijo Louisiana—. Me encanta cuando tenemos festines de atún.

—¿Dónde están los muebles? —preguntó Beverly, de pie en el quicio de la puerta de la cocina.

—¿Disculpa? —dijo la abuela de Louisiana.

—Ya recorrí toda la casa y no hay muebles.

—¿Y por qué demonios has ido por toda la casa buscando muebles?

—Yo... —dijo Beverly.

—Exactamente —dijo la abuela—. Tal vez podrías ser útil y encontrar el abrelatas, ya que disfrutas tanto buscar cosas.

—De acuerdo —dijo Beverly—. Digo, supongo —entró a la cocina y comenzó a abrir y cerrar puertas.

—Ah —dijo la abuela. Se puso ambas manos sobre la cabeza—. Acabo de recordar algo. El abrelatas está en el coche.

—¿Está en el *coche*? —preguntó Beverly.

—Louisiana, corre y tráemelo, ¿sí, cielo? Y no vuelvas hasta que lo encuentres.

—Sí, Abu —dijo Louisiana.

Louisiana dio media vuelta y se marchó dejando trás de sí un destello anaranjado, de lentejuelas y broches de conejitos. Tan pronto como el mosquitero se azotó detrás de ella, la abuela miró a Beverly y Raymie, y sacó el abrelatas de la manga de su vestido.

—Ta-rán —dijo—. Mi papá era mago, el hombre más elegante y embustero que haya existido. Aprendí algunas cosas de él que me han sido útiles: juegos de manos, por ejemplo, para ocultar cosas.

Alzó las cejas.

—¿Los papás de Louisiana en verdad eran trapecistas? —preguntó Raymie—. ¿Eran los Elefantes Voladores?

Beverly bufó.

—La historia de los Elefantes Voladores es digna de contarse una y otra vez —dijo la abuela.

—Pero, ¿es verdad? —preguntó Raymie.

La abuela de Louisiana levantó la ceja izquierda y luego la derecha. Sonrió.

Beverly puso los ojos en blanco.

—¿Y Marsha Jean? —preguntó Raymie—. ¿Existe?

—Marsha Jean es el fantasma de lo que vendrá. Es bueno estar alerta de las personas que puedan lastimarte. Necesito que Louisiana sea cautelosa. Y astuta. No siempre estaré ahí para protegerla. La pasaría muy mal si terminara en la casa hogar del condado. Espero que ustedes dos puedan cuidarla, que la protejan.

El mosquitero se azotó.

—Busqué en todas partes, Abu —dijo Louisiana—. No lo encuentro.

—No te preocupes, cielo. Ya lo encontré. ¡Y ahora, a darnos un festín! —la abuela levantó el abrelatas. Sonrió.

¿Cómo podría Raymie proteger a Louisiana?

Ni siquiera sabía cómo protegerse a sí misma.

VEINTISÉIS

Se sentaron en el piso del comedor bajo un candelabro gigante.

—Es muy bonito cuando enciende —dijo Louisiana—. Pero ahora no podemos encenderlo porque no tenemos luz.

La ausencia de muebles en la habitación provocaba que todas las palabras que decían sonaran chistosas. Todo hacía eco y rebotaba.

Comieron el atún directo de la lata y bebieron agua en vasitos de papel que tenían adivinanzas impresas en tinta roja a los costados.

—Se supone que deben tener las respuestas a las adivinanzas en la base, pero se equivocaron y olvidaron poner la respuesta —dijo Louisiana—, y por eso tenemos cientos de vasitos gratis. Porque no tienen la respuesta. ¿No es increíble?

—Ajá —dijo Beverly—. Es increíble.

Raymie levantó su vaso y leyó uno de los costados en voz alta.

—¿Qué tiene tres patas, cero brazos y lee el periódico todo el día?

Miró la base del vaso. No había nada escrito.

—¿Ves? —dijo Louisiana—. No hay respuesta.

—Es una pregunta estúpida —dijo Beverly.

Afuera destelló un relámpago y luego se escuchó el estruendo de un relámpago. El candelabro se cimbró.

—Ayyyy —dijo la abuela—. Va a ser uno grande.

—Qué suerte que estamos a salvo adentro y todas juntas —dijo Louisiana.

La lluvia comenzó a caer y el comedor, que estaba pintado de azul oscuro, se convirtió en una especie de lugar acuático y turbio. Raymie se preguntó si tal vez, de alguna manera, las cuatro juntas habían viajado a un mundo distinto. Había sido un día tan extraño.

—¿Abu? —dijo Louisiana.

—Sí, cielo.

—Extraño a Archie.

—A ver, no empieces con eso. Recuerda lo que dije: no tiene caso mirar atrás.

—Pero lo extraño —dijo Luisiana. Su labio inferior tembló.

—Lo están cuidando muy bien en el Refugio Animal Amigable. Estoy segura de eso.

Beverly bufó.

Louisiana comenzó a llorar.

—No pienses en eso, cielo —dijo la abuela—. Resulta insoportable pensar ciertas cosas. Come el atún. Piensa en tu adivinanza.

Louisiana lloró más fuerte.

Beverly puso su mano sobre la espalda de Louisiana. Se inclinó hacia ella y le murmuró algo al oído.

—Es verdad —dijo Louisiana—. Tuvimos éxito.

—¿Éxito? —dijo la abuela—. ¿Exactamente en qué tuvieron éxito?

—Mire —dijo Beverly—. Mi papá es policía. Yo sé ciertas cosas.

—Dios mío —la abuela se sentó más derecha—. Qué interesante. ¿Y puedo preguntar si tu papá es oficial de policía en nuestro lindo pueblo?

—No —dijo Beverly.

—¿Entonces dónde?

—En la ciudad de Nueva York —dijo Beverly.

—¡La ciudad de Nueva York! —dijo Raymie—. ¿No está aquí? ¿Está en Nueva York? —no podía creerlo. El papá de Beverly no estaba. Beverly tampoco tenía papá.

Raymie miró fijo a Beverly, y Beverly la miró de vuelta de una forma muy feroz.

—Voy a irme para allá, ¿de acuerdo? —dijo Beverly—. En cuanto tenga la edad suficiente me mudaré a Nueva York. Ya he huido dos veces. Una vez llegué hasta Atlanta.

—¡Atlanta! —chilló Louisiana.

—Mientras tanto —dijo Beverly—, estoy atorada aquí. Con ustedes. Haciendo cosas estúpidas como buscar libros bajo la cama de ancianitas.

Beverly dejó su lata de atún en el piso, se puso de pie y salió del comedor.

Raymie sintió que su alma se encogía.

—Dios mío —dijo la abuela de Louisiana.

—Creo que tiene el corazón roto —dijo Louisiana.

Raymie sintió que su alma se encogía aún más.

—Tengan cuidado con aquéllos de corazón roto —dijo la abuela—, porque las llevarán por mal camino.

Afuera comenzó a llover más fuerte.

—Pero somos todos, ¿verdad, Abu? —dijo Louisiana haciéndose oír por encima del ruido de la lluvia—. ¿Qué no todos tenemos el corazón roto?

VEINTISIETE

El camino de regreso al pueblo no fue rápido. Seguían sin detenerse ante los letreros de alto, pero ahora pasaban de largo más despacio. Y nadie cantaba. Beverly se sentó con los brazos cruzados, Louisiana miraba por la ventana y Raymie observaba *Un camino luminoso y brillante: la vida de Florence Nightingale* y flexionaba los dedos de los pies. Pero en realidad ya no sabía cuáles eran sus objetivos.

Estaba demasiado triste como para pensar en objetivos.

—No lo olvides —dijo Louisiana cuando Raymie descendió de la camioneta—. Tuvimos éxito, pero hay otro mal que debe ser corregido.

Raymie miró el libro en su mano.

—De acuerdo —dijo—. Las veo el lunes en casa de Ida Nee.

—Así será —dijo Louisiana—. Los Rancheros volverán a cabalgar. Te lo prometo.

Beverly estaba sentada muy quieta con los brazos cruzados. No miró a Raymie. No dijo absolutamente nada.

Raymie cerró la puerta de la camioneta con el mayor silencio que pudo y subió los escalones de su casa. Antes de entrar dio media vuelta y vio el auto transitar por la calle. Humo negro salía por el escape. Raymie observó el humo, esperando que tomara forma de algo que tuviera algún significado: una letra, una promesa. Observó hasta que la camioneta desapareció en el horizonte.

—¿Pero dónde has estado? —dijo su mamá. Sostenía la puerta principal. Detrás de ella estaba el librero repleto de todos los libros del papá de Raymie, y detrás de eso estaba la extensión de alfombra amarilla, que parecía interminable.

—Estaba... —dijo Raymie—. Estaba, este, leyéndole a los ancianos.

—Entra —dijo su mamá—. Sucedió algo.

—¿Qué? —preguntó Raymie—. ¿Qué pasó? —sintió que su alma se convertía en una pelota pequeña y asustada.

—La señora Borkowski —dijo su mamá.

—La señora Borkowski —repitió Raymie.

Sostuvo a Florence Nightingale muy cerca de su pecho, como si la dama con la lámpara pudiera protegerla de lo que su mamá estaba a punto de decirle.

—La señora Borkowski murió.

VEINTIOCHO

Raymie miró fijamente la alfombra amarilla. Miró el librero. No podía mirar el rostro de su mamá. Se sentía desconcertada. ¿Cómo era posible que la señora Borkowski estuviera muerta?

—No va a haber funeral —dijo su mamá—, pero habrá un servicio conmemorativo mañana en el Auditorio Finch. La hija de la señora Borkowski está encargándose de todo, y dijo que eso quería su mamá: un servicio conmemorativo, no un funeral. Quién sabe por qué —la mamá de Raymie suspiró—. La señora Borkowski siempre fue muy extraña.

—Pero ¿cómo puede estar muerta? —dijo Raymie.

—Ya era mayor —dijo la mamá de Raymie—. Tuvo un ataque cardiaco.

—Ah.

Raymie fue a la cocina. Levantó el teléfono y llamó a la Aseguradora Familiar Clarke. El timbre sonó. Raymie miró el reloj de rayos de sol en la pared de la cocina. Marcaba las 5:15. A veces la señora Sylvester se quedaba más tarde los sábados, tecleando cosas.

El timbre del auricular sonó de nuevo.

—Por favor —dijo Raymie. Intentó flexionar los dedos de los pies. Pero estaban congelados, entumidos. Los dedos de sus pies no se movían.

El señor Staphopoulos nunca había dicho qué hacer si uno *no podía* flexionar los dedos de los pies.

El timbre del auricular sonó una tercera vez.

¡La señora Borkowski estaba muerta!

—Aseguradora Familiar Clarke —dijo la señora Sylvester con su voz de pájaro de caricatura—. ¿Cómo podemos protegerlo?

Raymie guardó silencio.

—¿Hola? —dijo la señora Sylvester.

Raymie no podía hablar.

—¿Habla Raymie Clarke? —preguntó la señora Sylvester.

Raymie estaba de pie en la cocina y asintió con la cabeza. Se aferró al teléfono y observó el reloj de rayos de sol y pensó en el frasco gigante de caramelos de la señora Sylvester. Era tan brillante. Era como si contuviera luz en vez de caramelos. Era muy reconfortante pensar en eso: un frasco lleno de luz.

—Yo… —dijo Raymie. Pero no podía hablar. La frase que necesitaba decir estaba atorada dentro de ella. ¿Tal vez las palabras estaban en los dedos de sus pies? Además, sentía su alma increíblemente pequeña. Ni siquiera estaba segura de dónde se encontraba. Buscó dentro de sí misma, intentando localizarla.

—Muy bien, muy bien —dijo la señora Sylvester.

—Mmmm —dijo Raymie.

—Él volverá, querida —dijo la señora Sylvester.

Raymie se dio cuenta de que la señora Sylvester pensaba que estaba triste porque su papá se había ido.

La señora Sylvester no sabía que la señora Borkowski estaba muerta.

Eso provocó que el alma de Raymie se volviera aún más pequeña y los dedos de sus pies aún más tiesos. Se le ocurrió que en realidad nadie sabía el motivo por el que las demás personas estaban tristes, y eso le pareció terrible.

Extrañaba a Louisiana. Extrañaba a Beverly Tapinski.

Tuvo otro pensamiento terrible: ¿adónde había ido el alma de la señora Borkowski?

¿Dónde estaba?

Raymie cerró los ojos y vio un pájaro gigantesco que pasaba volando: sus alas eran enormes y negras. Para nada parecían las de un ángel.

—Señora Borkowski —murmuró.

—¿Qué dijiste, querida? —preguntó la señora Sylvester.

—Señora Borkowski —dijo Raymie más fuerte.

—No sé quién es la señora Borkowski, querida —dijo la señora Sylvester—. Habla la señora Sylvester. Y todo va a estar bien, muy bien.

—De acuerdo —dijo Raymie.

De pronto era difícil respirar.

La señora Borkowski estaba muerta.

¡La señora Borkowski estaba muerta!

Fffffffffftttttttt.

La mamá de Raymie no habló en el camino al servicio conmemorativo. Se sentó detrás del volante del coche de la misma forma en que se sentaba en el sofá, mirando al frente, con cara triste.

El sol brillaba con intensidad, pero todo el mundo se veía gris, como si todo se hubiera desteñido durante la noche.

Pasaron frente a Neumáticos de Florida. Había un cartel enorme en la ventana de la tienda que decía: TÚ PODRÍAS CONVERTIRTE EN PEQUEÑA SEÑORITA NEUMÁTICOS DE FLORIDA.

Raymie leyó las palabras y se alarmó al descubrir que no le hacían sentido alguno.

¿Convertirse en Pequeña Señorita Neumáticos de Florida? ¿Qué significaba eso? Las palabras no le prometían nada.

Raymie bajó la vista y miró a Florence Nightingale.

Había llevado el libro con ella porque no le parecía buena idea dejarlo.

—¿Qué es ese libro? —preguntó su mamá, todavía mirando de frente.

—Es un libro de la biblioteca.

—Ajá.

—Es sobre Florence Nightingale. Era una enfermera. Siguió un camino luminoso y brillante.

—Bien por ella.

Raymie miró el libro. Observó la lámpara de Florence Nightingale. La sostenía alto, arriba de su cabeza. Casi parecía como si llevara una estrella.

—¿Crees que si estuvieras en un agujero profundo en la tierra y fuera de día y miraras hacia afuera del agujero, al cielo, podrías ver las estrellas, aunque fuera de día y con sol?

—¿Qué? —preguntó su mamá—. No. ¿De qué hablas?

Raymie tampoco sabía si lo creía, pero quería creerlo. Quería que fuera verdad.

—Olvídalo —le dijo a su mamá. Y pasaron el resto del camino al Auditorio Finch en silencio.

VEINTINUEVE

El piso del Auditorio Finch estaba formado por mosaicos verdes y blancos. Por lo que podía recordar, Raymie sólo había caminado sobre los mosaicos verdes. Alguien le había dicho que pararse sobre los blancos era de mala suerte. ¿Quién? No lo recordaba.

Había un escenario al frente del auditorio. El escenario tenía un piano sobre él y cortinas de terciopelo rojo que siempre estaban abiertas. Raymie nunca había visto las cortinas cerradas.

Al centro del auditorio había una mesa larga. La mesa estaba llena de comida y alrededor de ella la gente charlaba.

Raymie mantuvo su pie derecho en un mosaico verde y el pie izquierdo en otro mosaico verde y se quedó muy quieta. Un adulto pasó junto a ella y le dio una palmadita en la cabeza.

Alguien dijo:

—Creo que es mayonesa, pero no estoy seguro. Es difícil saber en estas cosas.

Alguien más dijo:

—Ella era una mujer muy interesante.

Alguien rio. Y Raymie se dio cuenta de que nunca más escucharía reír a la señora Borkowski.

El papá de Raymie siempre había dicho que la señora Borkowski se reía como un caballo en agonía. Pero a Raymie le gustaba. Le gustaba cómo la señora Borkowski echaba la cabeza hacia atrás y abría grande la boca y relinchaba cuando algo era chistoso. Le gustaba cómo uno podía ver todos sus dientes cuando ella reía. Le gustaba cómo la señora Borkowski olía a naftalina. Le gustaba cómo la señora Borkowski decía *Ffffffftttttt*. Le gustaba cómo hablaba acerca del alma de las personas. Nadie que Raymie hubiera conocido hablaba sobre el alma.

La mamá de Raymie estaba de pie junto a alguien que sostenía una bolsa negra brillante cerca de su pecho. Su mamá hablaba, y la mujer con la bolsa negra brillante asentía a todo lo que su mamá decía.

Raymie quería escuchar la risa de la señora Borkowski.

Quería escucharla decir *Ffffffftttttt*.

Raymie creía que nunca se había sentido tan sola en su vida. Y entonces escuchó a alguien decir *Ay, Dios mío*.

Raymie se dio la vuelta y ahí estaba Louisiana Elefante. Y junto a ella estaba su abuela, que tenía puesto un abrigo de piel aunque era verano.

La abuela de Louisiana tenía un pañuelo en la mano y lo agitó de atrás hacia delante de su rostro y dijo a nadie en particular:

—Estoy sumamente desconsolada.

—Yo también estoy desconsolada —dijo Louisiana. Observaba la mesa repleta de comida.

Tanto Louisiana como su abuela tenían muchos broches de conejitos en su cabello.

Louisiana.

Louisiana Elefante.

Raymie nunca había estado tan feliz de ver a alguien en su vida.

—Louisiana —murmuró.

—¡Raymie! —gritó Louisiana. Sonrió con una sonrisa muy grande y abrió anchos los brazos, y Raymie caminó hacia ella, pisando los mosaicos blancos y verdes. Ya no le importaba. Pisó todos los mosaicos porque las cosas malas suceden todo el tiempo, sin importar el color del mosaico que pises.

Louisiana abrazó a Raymie.

Raymie soltó a Florence Nightingale. El libro cayó al suelo y emitió un sonido como de alguien dando un aplauso.

Raymie comenzó a llorar.

—La señora Borkowski está muerta —dijo—. La señora Borkowski está muerta.

TREINTA

—Ya, ya —dijo Louisiana. Le dio una palmadita a Raymie en la espalda—. Lamento mucho tu pérdida. Eso es lo que se supone que debes decir en los funerales. Y también es verdad. Lamento mucho tu pérdida.

Raymie escuchó el silbido de aire entrando y saliendo de los pulmones pantanosos de Louisiana.

—Me gustan las palabras *Lamento mucho tu pérdida* —dijo Louisiana, todavía tomando la mano de Raymie—. Creo que son buenas palabras. Podrías decirlas a quien sea en cualquier momento. Porque podrías decírmelas a mí y aplicarían para Archie o para mis papás.

Raymie sollozó.

—Lamento tu pérdida —repitió.

—Muy bien, muy bien —dijo Louisiana—. Sólo sigue llorando —sus pulmones silbaron y sus broches de conejitos crujían cada vez que daba una palmadita en la espalda de Raymie.

Arriba en el escenario, alguien comenzó a interpretar *Martinillo* en el piano.

Raymie hubiera pensado que no tendría consuelo del abrazo de alguien tan insubstancial como Louisiana, pero de hecho era muy reconfortante, incluso con todos los broches crujiendo y sus pulmones silbando.

Raymie se aferró fuerte a Louisiana. Sollozó otra vez. Cerró los ojos y los abrió de nuevo. Vio a la abuela de Louisiana de pie junto a la mesa de comida con un enorme racimo de uvas en la mano. Miró cómo la abuela deslizaba las uvas dentro de su bolsa. Y luego la abuela de Louisiana puso un puñado de galletas en el bolsillo de su abrigo de piel.

¡La abuela de Louisiana estaba robando comida del servicio conmemorativo de la señora Borkowski!

El piano sonó más fuerte. Raymie seguía abrazando a Louisiana y miró alrededor del salón. Su mamá estaba de pie en una esquina con los brazos cruzados. Escuchaba a alguien hablar. Asentía con la cabeza.

La abuela de Louisiana puso un trozo completo de queso anaranjado dentro de su bolsa.

Raymie se sintió mareada.

—Me siento mareada —dijo.

Louisiana la soltó. Se inclinó para recoger a Florence Nightingale del suelo.

—Ven aquí —dijo. Y condujo a Raymie de la mano hasta el escenario y la jaló a un lado de las cortinas rojas. Una galaxia de polvo se levantó en el aire y flotó alrededor de sus cabezas. El polvo parecía como si estuvieran celebrando algo.

—Ahora, siéntate —dijo Louisiana. Señaló los escalones del escenario. Raymie se sentó—. Dime todo lo que sepas sobre la señora Boraluqui.

—Borkowski —dijo Raymie.

—Eso también —dijo Louisiana—. Dime.

Raymie bajó la vista y miró sus manos.

Intentó flexionar los dedos de los pies pero todavía no lo lograba.

—Mmm —dijo—. Su nombre era señora Borkowski y vivía en la acera de enfrente de nuestra casa, y cuando reía podías ver todos los dientes de su boca.

—Qué lindo —dijo Louisiana. Dio una palmadita a la mano de Raymie—. ¿Cuántos dientes tenía?

—Muchos —dijo Raymie—. Supongo que tenía todos. Yo le cortaba las uñas de los pies porque ella no alcanzaba. Me pagaba en divinidad.

—¿Qué es divinidad? —preguntó Louisiana.

—Es dulce. Una especie de dulce que parece una nube y no sabe a nada. Sólo es muy, muy dulce. A veces la señora Borkowski ponía nueces encima de él.

—Suena delicioso —dijo Louisiana. Suspiró—. Me gusta mucho el azúcar. Y creo que es buena idea poner nueces encima de las cosas, ¿tú no?

—La señora Borkowski sabía la respuesta para todo —dijo Raymie.

—Pues así es mi Abu. También sabe la respuesta para todo.

Louisiana jaló la cortina de terciopelo y otra galaxia de polvo se levantó y revoloteó a su alrededor.

Raymie observó las partículas danzantes.

—Fffffttttttt —escuchó decir a la señora Borkowski, aunque la señora Borkowski estaba muerta.

Y entonces Raymie pensó: ¿y si cada partícula de polvo fuera un planeta, y si cada planeta estuviera lleno de gente, y si la gente en todos esos planetas tuviera almas y fueran iguales a Raymie, intentando flexionar los dedos de los pies y encontrar sentido a las cosas sin tener mucho éxito en ello?

Era un pensamiento terrorífico.

—Tengo tanta hambre —dijo Louisiana—. Tengo hambre todo el tiempo. Abu dice que soy un barril sin fondo. Dice que voy a terminar comiéndome la casa y vamos a quedarnos sin hogar. Y por eso tengo que ganar el concurso Pequeña Señorita Neumáticos de Florida 1975, para que no muramos de hambre.

—Mi papá se fue —dijo Raymie.

—¿Qué dijiste? —preguntó Louisiana.

—Mi papá se ha ido.

—Pero, ¿adónde fue? —preguntó Louisiana. Miró alrededor del Auditorio Finch como si el papá de Raymie fuera a estar ahí en alguna parte, escondiéndose debajo de la mesa o detrás de una cortina.

—Huyó con una asistente de dentista —dijo Raymie.

—Ésa es la persona que limpia tus dientes —dijo Louisiana.

—Sí —dijo Raymie.

Louisiana le dio una palmadita a Raymie en la espalda.

—Lo lamento —dijo—. Lamento tu pérdida.

—Iba a intentar hacerlo regresar —dijo Raymie—. Iba a intentarlo y a ganar el concurso para que mi fotografía saliera en el periódico, y pensé que eso haría que volviera.

—Sería lindo que tu fotografía saliera en el periódico —dijo Louisiana—. Él estaría orgulloso de ti.

—No creo que eso funcione —dijo Raymie—. No creo que nada de eso funcione.

Justo cuando dijo estas palabras terribles, estalló un altercado cerca de la mesa de comida. Raymie escuchó a la abuela de Louisiana gritar.

—¡Suélteme, señor!

—A ver —dijo alguien más—. Vamos a mantener la calma.

—Oh, oh —dijo Louisiana.

Y entonces la abuela de Louisiana dijo:

—No estoy segura de qué está insinuando exactamente, pero puedo asegurarle que no me importa la insinuación, cualquiera que ésta sea —y luego dijo en una voz más fuerte—: ¡Louisiana!, ha llegado el momento de partir.

—Creo que debo irme —dijo Louisiana.

Se puso de pie y le dio una palmadita en la espalda a Raymie, luego la miró a los ojos y dijo:

—Quiero decirte algo.

—De acuerdo —dijo Raymie.

—Me alegra mucho conocerte —dijo Louisiana.

—A mí también me alegra conocerte —dijo Raymie.

—Y quiero decirte que, sin importar nada, estoy aquí y tú estás aquí y estamos juntas —Louisiana agitó su brazo derecho en el aire como si estuviera haciendo un truco de magia y hubiera conjurado a todo el Auditorio Finch: las cortinas de terciopelo, el viejo piano y el piso de mosaicos verdes y blancos.

—De acuerdo —dijo Raymie. Flexionó los dedos de los pies. Los sintió un poco menos entumidos.

—Te veo mañana en la clase de malabarismo de bastón —dijo Louisiana—. Mientras tanto, creo que saldré por esta puerta trasera. Si ves a Marsha Jean o a los policías no les digas dónde estoy.

Y antes de que Raymie pudiera decirle que no lo hiciera, Louisiana salió por la puerta que decía SALIDA DE EMERGENCIA. EN CASO DE USO, SE SONARÁ LA ALARMA.

La alarma se activó de inmediato.

Sonaba muy fuerte.

Raymie observó a todo mundo corriendo, intentando descubrir cuál era la emergencia. Se puso de pie y tiró de la cortina y examinó el polvo conforme éste se levantaba en el aire y revoloteaba y descendía.

Flexionó otra vez los dedos de los pies.

Sentía su alma. Era una chispa diminuta en algún lugar muy dentro de ella.

Resplandecía.

TREINTA Y UNO

El mundo siguió girando.

La gente partía y la gente moría y la gente asistía a servicios conmemorativos y ponía trozos de queso anaranjado dentro de sus bolsos. La gente te confesaba que estaba hambrienta todo el tiempo. Y luego te despertabas en la mañana y fingías que nada de eso había sucedido.

Llevabas tu bastón a las clases de malabarismo de bastón y te parabas debajo de los pinos susurrantes de Ida Nee frente al Lago Clara, donde Clara Wingtip se había ahogado. Esperabas con Louisiana Elefante y Beverly Tapinski a que Ida Nee llegara y les enseñara a hacer malabarismo de bastón.

Increíble e inexplicablemente, el mundo siguió girando.

—Se le hizo tarde —dijo Beverly.

—Ay, Dios mío —dijo Louisiana—. Está empezando a preocuparme que nunca aprenderé a hacer malabarismo de bastón.

—Hacer malabarismo de bastón es estúpido —dijo Beverly—. Nadie necesita aprender malabarismo de bastón.

—Yo sí —dijo Louisiana—. Justo eso es lo que necesito saber.

Raymie guardó silencio. Hacía mucho calor. Miraba el lago. Ya no sabía qué era lo que necesitaba.

—Tengo una idea —dijo Louisiana—. Vamos a buscar a Ida Nee.

—No lo hagamos, pero hay que decir que sí lo hicimos —dijo Beverly. Lanzó su bastón al aire y lo atrapó con un elegante giro de muñeca. El moretón en su cara se había desvanecido dejando en su lugar una mancha amarilla. Estaba mascando chicle ácido sabor manzana. Raymie podía olerlo.

—Bueno, yo voy a buscarla —dijo Louisiana—, porque en verdad necesito ganar el concurso y obtener el dinero y no terminar en la casa hogar del condado.

—Sí —dijo Beverly—, claro. Todos sabemos eso.

—¿Vienen conmigo? —preguntó Louisiana.

Como nadie le respondió se dio la vuelta y se dirigió hacia la casa.

Beverly miró a Raymie y se encogió de hombros.

Raymie hizo lo mismo. Y luego se dio la vuelta y siguió a Louisiana.

—Bueno, bueno —dijo Beverly—. Si tú lo dices. Además, no tenemos nada más que hacer.

Las tres caminaron hacia la rotonda de gravilla de la casa de Ida Nee.

—Somos los Tres Rancheros —dijo Louisiana—, y estamos en una misión de búsqueda y rescate.

—Dite a ti misma la historia que quieras —dijo Beverly.

Cuando llegaron a la rotonda, se detuvieron y se quedaron de pie juntas e inspeccionaron la casa y la cochera. Todo estaba en silencio. Ida Nee no estaba a la vista.

—Tal vez está en su oficina —dijo Louisiana—, planeando qué va a enseñarnos ahora.

—Sí, cómo no —dijo Beverly.

Louisiana llamó a la puerta de la cochera. Nadie respondió. Beverly llegó por detrás de Louisiana, la rodeó y sacudió la perilla de la puerta.

—Esta cerradura no es problema —dijo Beverly. Sacó su navaja de bolsillo de sus pantaloncillos y le pasó su bastón a Raymie—. Detenme esto —dijo.

Comenzó a forzar la cerradura. Se veía muy concentrada.

—Mmm —dijo Raymie—, ¿deberíamos allanar la oficina de Ida Nee?

—¿Qué más podemos hacer? —dijo Beverly.

Manipuló la cerradura unos segundos más y luego sonrió ampliamente.

—Listo —dijo.

La puerta se abrió.

—Ay, Dios mío —dijo Louisiana—. Ésa es una muy buena habilidad.

—Mejor que hacer malabarismo de bastón —dijo Beverly.

Louisiana echó un vistazo a la oficina.

—¿Señorita Nee? —dijo—. Estamos aquí para nuestra clase de malabarismo de bastón.

Beverly le dio un empujoncito a Louisiana.

—Si tanto quieres encontrarla, entra.

—¿Señorita Nee? —dijo Louisiana de nuevo.

Dio unos pasos dentro de la oficina. Beverly y Raymie la siguieron. El piso y las paredes del garaje estaban cubiertas con alfombra verde. El techo también estaba cubierto con alfombra verde. Por todos lados había trofeos de malabarismo de bastón, cientos y cientos de ellos brillando en la penumbra verde; hacían que el garaje pareciera la cueva de Alí Babá. Contra la pared del fondo había un escritorio con una placa sobre él. La placa decía IDA NEE, CAMPEONA ESTATAL.

Arriba del escritorio estaba la cabeza de un alce.

—Caray, si hay un lugar que debe ser saboteado —dijo Beverly—, es éste. Ida Nee actúa como si fuera la campeona de todo. Pero algunos de estos trofeos ni siquiera son de ella. ¿Ven éste? —señaló—. Éste le pertenece a mi mamá.

Louisiana entrecerró los ojos y leyó lo que decía el trofeo.

—Dice Rhonda Joy —dijo—. ¿Quién es Rhonda Joy?

—Así se llamaba mi mamá. Antes de casarse con mi papá.

—¡Podrías haberte llamado Beverly Joy! —dijo Louisiana.

—No —dijo Beverly—. No podría.

—¿Tu mamá era malabarista de bastón? —dijo Raymie.

—Mi mamá era malabarista de bastón y una reina de belleza —dijo Beverly—. Pero, ¿qué importa? Ahora no es ninguna de las dos cosas. Ahora sólo es alguien que trabaja en la tienda de regalos de la Torre Belknap vendiendo latas de recuerdo y cocodrilos de hule.

—Aquí hay una fortuna —dijo Louisiana—. Podríamos vender todos estos trofeos y así nunca más nos preocuparíamos por el dinero.

—Esto sólo es basura —dijo Beverly.

Raymie escuchaba a Beverly y a Louisiana y al mismo tiempo no las escuchaba. Observaba la cabeza de alce, y éste la miraba de vuelta.

El alce tenía los ojos más tristes que ella hubiera visto.

Se parecían a los ojos de la señora Borkowski.

Una vez, cuando Raymie le estaba cortando las uñas de los pies a la señora Borkowski, la señora Borkowski le hizo una pregunta. Había dicho:

—Dime, ¿por qué existe el mundo?

Y Raymie levantó la vista y miró el rostro de la señora Borkowski, sus ojos tristes, y dijo:

—No lo sé.

—Exactamente —dijo la señora Borkowski—. No lo sabes. Nadie lo sabe. Nadie lo sabe.

—¿Qué estás viendo? —dijo Beverly.

—Nada —dijo Raymie—. Sólo que el alce se ve triste.

—Está muerto —dijo Beverly—. Claro que está triste.

—Pero no perdamos de vista el problema real —dijo Louisiana—: Ida Nee ha desaparecido.

—Daaa —dijo Beverly.

—Tal vez deberíamos buscar dentro de la casa —dijo Louisiana.

—Raymie miró fijamente al alce.

Ffffffffftttttt. Dime, ¿por qué existe el mundo?

—Vamos —dijo Beverly—. Debes moverte —puso la mano sobre el hombro de Raymie y le dio la vuelta, en dirección hacia la puerta, por donde entraba la luz del mundo exterior.

Raymie parpadeó.

—Sólo camina —dijo Beverly de nuevo.

Y Raymie caminó hacia la puerta abierta.

TREINTA Y DOS

*L*lamaron a la puerta principal de la casa de Ida Nee y oprimieron el timbre, y cuando nadie les abrió Louisiana dijo:

—Tal vez necesita ayuda. Tal vez los Tres Rancheros deberían rescatarla.

—Ja —dijo Beverly.

—Tal vez deberías forzar la cerradura y entrar —dijo Louisiana.

—Eso sí que es una buena idea —dijo Beverly. Y sacó su navaja de bolsillo y forzó la cerradura de la puerta principal de la casa de Ida Nee.

—¿Señorita Nee? —gritó Louisiana—. Somos nosotras, los Tres Rancheros.

De algún lugar dentro de la casa se escuchó el sonido de alguien cantando, y también ronquidos.

Louisiana dio la vuelta a la esquina primero. Beverly la siguió. Raymie siguió a Beverly.

—Está dormida —murmuró Louisiana, volteando hacia ellas—. ¡Miren! —señaló a Ida Nee, quien estaba extendida en un sofá de tela a cuadros. Uno de sus brazos estaba colgando y casi tocaba el suelo, y con el otro brazo sostenía el bastón cerca de su pecho. Tenía puestas sus botas blancas.

Sonaba música *country* en la radio. Alguien cantando sobre cómo alguien más se marchaba. Había tantas canciones *country* sobre gente que abandonaba a otra gente.

Ida Nee tenía la boca abierta.

—Parece una princesa durmiente en un cuento de hadas —dijo Louisiana.

—Parece que está ebria —dijo Beverly. Se inclinó sobre ella y le hizo cosquillas en el brazo.

—Ay, Dios mío —dijo Louisiana—. No hagas eso. No la hagas enojar —Louisiana se inclinó cerca de la oreja de Ida Nee. Dijo:

—Levántese, señorita Nee. Es hora de la clase.

No sucedió nada.

Raymie miró a Ida Nee y después desvió la mirada. Ver a un adulto dormir tenía algo de escalofriante. Era como si no hubiera nadie a cargo del mundo. Entonces Raymie observó el Lago Clara. Era azul y brillante.

Clara Wingtip se había sentado frente a su cabaña durante treinta y séis días seguidos, esperando a que su esposo volviera de la Guerra Civil. Y entonces, en el día treintaisiete, se ahogó en el lago. Por error. O a propósito. ¿Quién podía saber cómo había sucedido?

El día treintaiocho, David Wingtip regresó.

Pero era demasiado tarde. Ya no importaba. Clara se había ido.

¿Cuánto se supone que uno debe esperar? Ésa era otra pregunta que Raymie deseaba haberle preguntado a la señora Borkowski. ¿Cuánto tiempo uno debería esperar, y cuándo uno debería dejar de hacerlo?

Tal vez, pensó Raymie, *debería ir a la cochera y hacerle esa pregunta al alce.*

Dime, ¿por qué existe el mundo?

—Voy a tomar su bastón —dijo Beverly.

—¿Qué? —dijo Raymie.

—Voy a tomar su bastón. Mira —dijo Beverly.

—No, no, no —dijo Louisiana. Se cubrió los ojos con las manos—. No lo hagas. No puedo ver eso.

Beverly se inclinó sobre la durmiente Ida Nee. El mundo se quedó en silencio. La canción en el radio terminó. Ida Nee dejó de roncar.

—Ay, no —dijo Louisiana detrás de sus manos.

—Por favor —dijo Raymie.

—No sean unas bebés —dijo Beverly. Se inclinó sobre Ida Nee y el bastón se convirtió en una cuerda plateada en los dedos de Beverly.

—¡Ta-rán! —dijo Beverly. Se puso de pie. Extendió el bastón. Lanzó un destello a la luz del Lago Clara.

—Ay, Dios mío —dijo Louisiana.

Beverly lanzó el bastón al aire y lo atrapó.

—¡Sabotaje! —dijo—. ¡Sabotaje! ¡Sabotaje!

Otra canción de música *country* sonaba en la radio. Ida Nee roncó una, dos veces. Y luego comenzó a roncar de nuevo.

Beverly lanzó el bastón al aire, esta vez más alto. Lo giró detrás de su espalda. Lo giró frente a ella, tan rápido y furioso que el bastón casi se volvió invisible.

—Vaya —dijo Louisiana—, eres una malabarista genial.

—Soy genial en todo —dijo Beverly. Siguió girando el bastón. Sonrió, mostrando su diente frontal despostillado—. Vamos —dijo—, hay que salir de aquí.

Y eso hicieron.

TREINTA Y TRES

Salieron de la casa de Ida Nee y comenzaron a caminar por el sendero del Lago Clara, de vuelta hacia el pueblo. Raymie cargaba el bastón de Beverly y el suyo.

Beverly se detenía de vez en cuando para golpear los guijarros y la gravilla con el bastón de Ida Nee a un lado del camino. El lago centellaba, apareciendo y desapareciendo conforme el camino daba vueltas y se alejaban.

—¿Adónde vamos? —preguntó Raymie.

—Vamos a escapar de aquí —dijo Louisiana.

—Así es —dijo Beverly. Se detuvo y golpeó más gravilla con el bastón de Ida Nee—. Vamos. A. Escapar.

—Ya sé —dijo Louisiana.

—¿Qué? —preguntó Raymie.

—Llegó el momento. Los Tres Rancheros deberíamos ir a rescatar a Archie.

—No somos los Tres Rancheros —dijo Beverly.

—Bueno, ¿entonces quiénes somos? —preguntó Louisiana.

—Mira —dijo Beverly—. No podemos rescatar a ese gato.

—Tú dijiste que ayudarías. Sólo vamos al Refugio Animal Amigable y preguntamos por él.

—¡No existe ningún Refugio Animal Amigable! —gritó Beverly—. ¿Cuántas veces debo decírtelo?

Raymie estaba de pie entre Beverly y Louisiana, y flexionó los dedos de los pies. De pronto estaba aterrada.

—¿Van a ayudarme o no? —dijo Louisiana. Miró fijamente a Beverly y a Raymie. Sus broches de conejitos brillaban en un rosa fundido sobre su cabeza.

Hacía mucho calor.

—De acuerdo —dijo Beverly—. Podemos ir a buscar al gato. Lo único que digo es que no comprendes cómo funciona el mundo.

—Entiendo muy bien cómo funciona el mundo —dijo Louisiana. Dio una fuerte pisada sobre la gravilla—. Sé exactamente cómo funciona. ¡Mis papás se ahogaron! ¡Soy huérfana! ¡No hay nada de comer en la casa hogar del condado excepto sándwiches de mortadela! Y ésa es la forma en la que funciona el mundo.

Louisiana inhaló profundo. Raymie escuchó sus pulmones silbar.

—Tu papá está en Nueva York —dijo Louisiana. Señaló a Beverly—. Intentaste llegar a él pero no pudiste. Sólo llegaste hasta Georgia, y Georgia es el estado que sigue hacia arriba desde aquí. Eso no es muy lejos. Y *así* es como funciona el mundo.

El rostro de Louisiana estaba muy rojo. Sus broches de conejitos estaban en llamas.

—Y tu papá —dijo, dándose la vuelta para mirar de frente a Raymie—, huyó con una persona que limpia los dientes, y no sabes si volverá. ¡Y así es como funciona el mundo! Pero Archie es el Rey de los Gatos, y yo lo traicioné. Quiero que vuelva, y quiero que ustedes me ayuden porque somos amigas. Y también así es como funciona el mundo.

Louisiana pisó fuerte una vez más. Una pequeña nube de polvo de gravilla se levantó entre las tres.

Raymie sentía su alma en algún lugar dentro de sí. Era una cosa pequeña, triste y pesada, un pequeño mosaico hecho de plomo. De pronto supo que no sería Pequeña Señorita Neumáticos de Florida. Ni siquiera intentaría convertirse en Pequeña Señorita Neumáticos de Florida.

Pero Louisiana era su amiga, y Louisiana necesitaba ser protegida, y lo único que a Raymie se le ocurría hacer para mejorar las cosas en ese momento era ser un buen Ranchero.

Así que Raymie dijo:

—Yo iré contigo al Refugio Animal Amigable, Louisiana. Te ayudaré a recuperar a Archie.

El sol estaba en lo alto, muy alto arriba de ellas. Caía a plomo sobre ellas, observándolas, esperando.

—Está bien —dijo Beverly. Se encogió de hombros—. Si eso es lo que vamos a hacer, entonces eso es lo que haremos.

Caminaron el resto del trayecto hacia el pueblo en silencio.

Louisiana las dirigió.

TREINTA Y CUATRO

*E*l Refugio Animal Amigable era un edificio de bloques de concreto pintados de gris. Alguna vez, quizás en una época más feliz, los bloques de concreto habían sido rosas. En varias partes el gris se estaba descarapelando y revelaba el rosa, así que parecía como si el Refugio Animal Amigable tuviera una enfermedad de la piel.

Había un pequeño letrero en la puerta. Decía EDIFICIO 10.

La puerta era de madera combada y pintada de gris.

Había un árbol triste frente al edificio. No tenía hojas y era color café.

—¿Aquí es? —preguntó Beverly—. ¿Éste es el lugar?

—Dice Edificio 10 —dijo Raymie.

—Es el Refugio Animal Amigable. Aquí es donde la abuela trajo a Archie —la voz de Louisiana sonaba aguda y tensa.

—Bueno, bueno —dijo Beverly—. Está bien. Éste es el lugar. Hazme un favor y déjame hablar a mí, ¿de acuerdo? Cierra la boca esta vez.

Dentro del Edificio 10 estaba muy oscuro. Había un escritorio de metal y un archivero de metal y tan sólo un foco que colgaba del techo. Los pisos eran de cemento. Detrás del escritorio una mujer comía un sándwich. Y había una puerta que estaba cerrada y que conducía a quién sabe dónde.

Cada uno de estos detalles emergieron de la penumbra despacio, de mala gana.

—¿Sip? —dijo la mujer del escritorio.

—Venimos a buscar a un gato —dijo Beverly.

—No hay gatos —dijo la mujer—. Dormimos a todos los gatos el día en que llegan.

—Ay, no —dijo Raymie.

La mujer dio una mordida a su sándwich.

—¿Dormirlos? —preguntó Louisiana—. ¿Dormirlos dónde? ¿En qué parte? ¿En una jaula?

La mujer no respondió. Se quedó sentaba analizando su sándwich.

Detrás de la puerta cerrada surgió un sonido terrible. Era un aullido de desesperación y tristeza. Era el sonido más solitario que Raymie hubiera escuchado jamás. Era peor que los gritos de Alice Nebbley pidiendo que alguien tomara su mano. Todos los vellos de la nuca de Raymie se erizaron. Su alma se arrugó. Se aferró al brazo de Louisiana.

—¿Qué hay detrás de esa puerta? —preguntó Louisiana. Señaló la puerta con su bastón.

—Nada —dijo la mujer.

—Mire —dijo Beverly—. El nombre del gato es Archie. ¿Puede revisar el registro o algo?

—No llevamos registro de gatos —dijo la mujer—. Hay demasiados. Los gatos llegan. Los dormimos.

—¿Dónde los duermen? —dijo Louisiana.

—Vamos —dijo Beverly—. Salgamos de aquí.

—No —dijo Louisiana—. No nos vamos. Él es mi gato. Lo quiero de vuelta.

El aullido se escuchó de nuevo. Llenó el edificio. La mujer del escritorio dio otra mordida a su sándwich y la lámpara al centro de la estancia se balanceó de adelante hacia atrás como si intentara reunir la suficiente energía para dejar el Edificio 10 y encontrar un mejor lugar que iluminar.

Raymie todavía estaba aferrada a Louisiana. Beverly tomó la otra mano de Louisiana.

—Vamos —dijo—. Ahora. Tenemos que irnos.

—No —dijo Louisiana. Pero dejó que la jalaran hacia la puerta, y luego hacia afuera, a la luz del sol.

—¿Qué significa que los *duermen*? —preguntó Louisiana cuando ya estaban afuera.

—Mira —dijo Beverly—. Te lo dije. Te lo he estado diciendo. Ese gato se ha ido.

—¿Qué quieres decir con que se ha ido? —preguntó Louisiana.

—Está muerto —dijo Beverly.

Muerto.

Era una palabra tan terrible, tan definitiva, tan innegable. Raymie levantó la vista hacia el cielo, al sol.

—Quizás Archie esté con la señora Borkowski —le dijo Raymie a Louisiana. Tuvo una repentina visión de la señora Borkowski sentada en su tumbona en medio de la calle con el gato sobre su regazo.

—No —dijo Louisiana—. Estás mintiendo. Archie no está muerto. Yo lo sabría si estuviera muerto.

Y entonces, antes de que pudieran detenerla, Louisiana abrió la puerta de madera combada y entró al edificio de nuevo.

—Espera —dijo Raymie.

—Aquí vamos —dijo Beverly.

Entraron juntas al Edificio 10, donde Louisiana gritaba.

—¡Devuélvemelo! ¡Devuélvemelo! ¡Devuélvemelo! —y pateaba la mesa de metal.

La mujer del sándwich no parecía molesta, ni siquiera particularmente sorprendida por lo que sucedía. Louisiana dejó de patear el escritorio y comenzó a golpearlo con su bastón. Esto pareció perturbar un poco a la mujer. Tal vez nunca antes habían golpeado su escritorio con un bastón. Apartó el sándwich.

—Detente —dijo.

El bastón emitía un sonido hueco y reverberante al impactar contra el escritorio. Sonaba como un tambor roto proclamando el anuncio de la muerte de un rey.

—¡Me detendré. En cuanto. Me devuelvas. A Archie! —gritó Louisiana.

Raymie pensó que quizás era lo más valiente que había visto, alguien exigiendo que le devolvieran algo que ya no estaba ahí. Al mirar a Louisiana, Raymie sintió que su alma se elevaba dentro de ella, aunque todo el mundo fuera oscuro y triste y estuviera iluminado por una sola lámpara.

—¡Se suponía que lo cuidarían! —le dijo Louisiana a la señora. *Bang*—. ¡Debían alimentarlo tres veces al día —*bang*—, y rascarle detrás de las orejas —*bang*—, justo como le gusta!

Bang, bang, bang.

Detrás de la puerta cerrada se escuchó de nuevo el terrible aullido.

Louisiana dejó de golpear el bastón contra el escritorio. Se quedó de pie y escuchó, y luego se inclinó, puso las manos sobre las rodillas y comenzó a tomar grandes bocanadas de aire.

—Va a desmayarse —le dijo Beverly a Raymie—. Cuando lo haga, tómala de las manos y yo de los pies, y la sacaremos de aquí.

—Yo no —dijo Louisiana—. Voy. A desmayarme.

Y entonces cayó de lado.

—Ahora —dijo Beverly. Raymie tomó las manos de Louisiana y la cargaron hacia afuera del Refugio Animal Amigable. La recostaron bajo el pequeño árbol derrotado.

El pecho de Louisiana subía y bajaba. Tenía los ojos cerrados.

—¿Y ahora qué? —dijo Beverly.

Raymie flexionó los dedos de los pies. Cerró los ojos y miró la lámpara balanceándose de adelante hacia atrás. Para nada era lo bastante luminosa. Era demasiado pequeña para ese lugar terriblemente oscuro.

De hecho, no había suficiente luz en ninguna parte.

Y entonces Raymie recordó el frasco de caramelos de la señora Sylvester. Lo vio resplandeciendo en la luz del sol de la tarde que entraba por la ventana de la Aseguradora Familiar Clarke.

—Podemos llevarla a la oficina de mi papá —dijo Raymie—. No queda lejos de aquí.

TREINTA Y CINCO

—¿Qué sucede? —preguntó la señora Sylvester con su vocecita de pájaro—. ¿Qué está pasando, Raymie Clarke? ¿Por qué todas ustedes están empapadas? ¿Está lloviendo? —la señora Sylvester volteó y miró el sol brillando a través de la ventana de cristal de la Aseguradora Familiar Clarke.

—Tuvimos que pasar por un rociador —dijo Beverly—. Para, este, revivirla lo suficiente y que pudiera caminar hasta aquí.

—¿Pasar por un rociador? —dijo la señora Sylvester—. ¿Revivirla?

—Tienen a Archie y no lo quieren devolver—dijo Louisiana. Levantó el puño al aire y lo sacudió. Y luego dijo—: Creo que tal vez debería sentarme.

—Archie es su gato —dijo Raymie—. Ella se desmayó.

—¿Alguien se llevó a tu gato? —preguntó la señora Sylvester.

—De verdad quiero sentarme ahora —dijo Louisiana.

—Claro, querida —dijo la señora Sylvester—. Siéntate.

Louisiana se sentó en el piso.

—¿Quién se llevó a su gato? —preguntó la señora Sylvester.

—Es complicado —dijo Raymie.

—Huele rico aquí —dijo Louisiana con una voz soñadora.

La oficina olía a humo de pipa, aunque el papá de Raymie no fumaba pipa ni tampoco la señora Sylvester. El hombre que había sido el dueño anterior de la oficina, un vendedor de seguros llamado Alan Klondike, era quien fumaba pipa. Y todavía permanecía el olor.

—¿Raymie? —dijo la señora Sylvester.

—Son mis amigas de malabarismo de bastón —dijo Raymie.

—Qué lindo —dijo la señora Sylvester.

—Ay, Dios mío —dijo Louisiana—. ¿Ésos son caramelos? —señaló el frasco sobre el escritorio de la señora Sylvester.

—Sí, lo son —dijo la señora Sylvester—. ¿Quieren unos?

—Voy a recostarme aquí sólo un minuto —dijo Louisiana—, y luego me voy a levantar y estaré lista para comer algunos caramelos —Louisiana se recostó despacio.

—Santo cielo —dijo la señora Sylvester. Exprimió las manos juntas—. ¿Pero qué le sucede?

—Va a estar bien —dijo Beverly—. Es sólo el asunto del gato. Archie. La perturbó. Además tiene los pulmones congestionados.

La señora Sylvester alzó muy alto sus cejas depiladas. Sonó el teléfono.

—Santo cielo —dijo.

—Debería contestar el teléfono —dijo Beverly.

La señora Sylvester se veía aliviada. Contestó el teléfono.

—Aseguradora Familiar Clarke —dijo—. ¿Cómo podemos protegerlo?

El sol brillaba a través de la ventana de vidrio. En la ventana estaba escrito el nombre del papá de Raymie —Jim Clarke— y las letras de su nombre arrojaban sombras al suelo.

Raymie se sentó junto a Louisiana sobre la alfombra decolorada por el sol. Se sentía mareada. No creía que se desmayaría, pero se sentía extraña, insegura.

Beverly se agachó. Le dijo a Louisiana:

—Levántate. Puedes comer caramelos si te levantas.

La señora Sylvester seguía hablando por teléfono. Dijo:

—El señor Clarke no está disponible, pero estoy segura de que puedo encargarme de eso, señor Lawrence. Sin embargo, en este momento hay una situación en las oficinas de la Aseguradora Familiar Clarke. ¿Le parecería bien mañana? Maravilloso. Maravilloso. Se lo agradezco mucho. Sí. Mmmmm-mmm. Gracias por llamar.

La señora Sylvester colgó el teléfono.

Raymie cerró los ojos y vio la única lámpara del Edificio 10 balanceándose de adelante hacia atrás. Se sintió muy cansada. Habían sucedido tantas cosas. Seguían sucediendo tantas cosas.

—Me siento mejor —dijo Louisiana. Se sentó—. ¿Ahora puedo comer algunos caramelos?

—Claro —dijo la señora Sylvester. Quitó la tapa del frasco y se lo ofreció a Louisiana. Louisiana se puso de pie. Metió la mano muy adentro del frasco de caramelos.

—Gracias —le dijo a la señora Sylvester. Y entonces se metió en la boca todo el puñado de suaves caramelos. Masticó por largo rato. Le sonrió a la señora Sylvester. Tragó. Dijo:

—¿Usted cree que haya caramelos en la casa hogar del condado?

La señora Sylvester dijo:

—Yo creo que deberías tomar algunos más, querida —le ofreció el frasco de nuevo.

Raymie miró a su alrededor y vio que Beverly había abierto la puerta de la oficina de su papá y estaba de pie mirando fijo al interior.

Raymie se levantó del piso. Fue y se detuvo junto a Beverly.

—Ésta es la oficina de mi papá —dijo.

—Sí —dijo Beverly—. Lo imaginé —miraba la foto aérea del Lago Clara que colgaba en la pared trasera del escritorio de Jim Clarke.

—Se puede ver el fantasma de Clara Wingtip en esa foto —dijo Raymie.

—¿Dónde? —preguntó Beverly.

—Justo ahí —dijo Raymie. Entró a la oficina y señaló la esquina derecha del lago, el manchón borroso que tenía forma de una persona perdida que estaba esperando y que se había muerto por error, o quizás a propósito.

El papá de Raymie le había enseñado el fantasma de Clara Wingtip cuando tenía seis años. La había subido a sus hombros para que pudiera ver la fotografía de cerca, y Raymie había localizado la sombra de Clara con la punta de su dedo. Desde entonces, durante mucho tiempo a ella le había dado miedo entrar en aquella oficina, temerosa de que Clara la estuviera esperando y que su fantasma la llevara al lago, la jalara bajo el agua y la ahogara.

—Eso sólo es una sombra —dijo Beverly—. No significa nada. Hay sombras por todas partes. Las sombras no son fantasmas.

El teléfono sonó de nuevo. La señora Sylvester atendió la llamada.

—Aseguradora Familiar Clarke. ¿Cómo podemos protegerlo?

—¿Te ha llamado? —preguntó Beverly.

—¿Quién? —dijo Raymie.

—Tu papá —dijo Beverly.

—No —dijo Raymie.

Beverly asintió despacio con la cabeza.

—Claro —dijo. Pero no lo dijo de forma cruel. Raymie estaba tan cerca de Beverly que podía olerla, esa extraña mezcla de dulzura y aspereza. Analizó el moretón del rostro de Beverly que ya estaba desapareciendo.

—¿Quién te pegó? —preguntó.

—Mi mamá —dijo Beverly.

—¿Por qué?

—Porque robé en una tienda.

—¿Por qué?

—Porque —dijo Beverly. Metió las manos en los bolsillos de sus pantaloncillos—. Me voy a ir de aquí. Me voy a ir a vivir sola. Voy a cuidarme yo sola.

Detrás de ellas, Louisiana le contaba a la señora Sylvester que sus papás habían muerto.

—Se ahogaron —dijo Louisiana.

—No —dijo la señora Sylvester.

—Sí —dijo Louisiana.

—No voy a participar en el concurso Pequeña Señorita Neumáticos de Florida —dijo Raymie.

—Bien por ti —dijo Beverly. Asintió—. Los concursos son estúpidos.

—Ya no importa —dijo Raymie.

—Seguro —dijo Beverly—. Tal vez tampoco yo voy a molestarme en sabotearlo. Al menos no voy a sabotear ese concurso —y luego, en voz baja, dijo—: Me siento muy mal por lo del gato muerto.

En ese momento, Raymie sintió que todo, completamente todo, la inundaba: la señora Borkowski, Archie, Alice Nebbley, el pájaro marino gigante, Florence Nightingale, el señor Staphopoulos, el fantasma de Clara Wingtip, el pájaro amarillo y la jaula vacía, Edgar y el maniquí que simulaba ahogarse, la única lámpara en el Edificio 10.

Dime, ¿por qué existe el mundo?

Raymie inhaló profundamente. Se irguió tanto como pudo. Miró al fantasma de Clara Wingtip.

Que en realidad no estaba ahí. Que sólo era una sombra.

Quizá.

TREINTA Y SEIS

La señora Sylvester les sostuvo la puerta mientras salían.

—Gracias por la visita —dijo.

—Y gracias a usted por los caramelos —dijo Louisiana—. Estaban deliciosos.

En el camino de regreso a casa de Ida Nee, Louisiana cantó *"Raindrops Keep Fallin' on My Head"* dos veces seguidas. Cuando comenzó a cantarla por tercera vez, Beverly le dijo que se callara.

—Bueno —dijo Louisiana—. Es que cantar me ayuda a pensar. Y ahora me he decidido.

—¿Decidido a qué? —preguntó Raymie.

—He decidido que están escondiendo a Archie de mí. Está detrás de la puerta cerrada en ese lugar. Lo que tenemos que hacer es forzar la entrada del Refugio Animal Amigable y abrir esa puerta. Y entonces lo encontraremos. Sé que lo haremos.

—¿Qué? —dijo Beverly—. ¿Estás loca? ¿No recuerdas nada de lo que pasó? El gato está muerto. No hay nada que liberar.

—Esperaremos a que anochezca —dijo Louisiana—. Y luego entraremos y lo rescataremos.

—No —dijo Beverly.

—Sí —dijo Louisiana.

—El gato está muerto —dijo Beverly.

Louisiana soltó su bastón. Se puso los dedos en los oídos. Comenzó a canturrear.

Raymie se inclinó y recogió el bastón de Louisiana.

—No volveré a ese lugar —dijo Beverly.

Louisiana se quitó los dedos de los oídos.

—¿Para qué existen los Rancheros si no pueden realizar actos de valentía?

—Los Rancheros no existen —dijo Beverly—. Sólo están en tu cabeza.

—Sí existen —dijo Louisiana—, porque *nosotras* existimos. Estamos aquí.

—Yo estoy aquí —dijo Raymie.

—Así es —dijo Louisiana.

—Y tú estás aquí —dijo Raymie, señalando a Louisiana—. Y tú estás aquí —señaló a Beverly—. Y estamos aquí juntas.

—Así es —dijo Louisiana otra vez.

—Daaa —dijo Beverly—. Daaa que todas estamos aquí. Pero nada de eso cambia el hecho de que el gato está muerto.

La discusión siguió así por un rato —Beverly insistiendo en que el gato estaba muerto, Louisiana insistiendo en que rescatarían al gato—, pero se detuvo por completo cuando llegaron a la rotonda de la casa de Ida Nee y vieron que la mamá de Beverly estaba ahí y que la mamá de Raymie estaba ahí y que la abuela de Louisiana no estaba ahí.

Y que también había una patrulla en la rotonda.

—La policía —dijo Beverly.

—Ay, no —dijo Louisiana.

Ida Nee estaba de pie frente a su casa hablando con los policías. Tenía un nuevo bastón y lo usaba para señalar cosas. Señaló la puerta de la cochera. Señaló la puerta de la cocina.

—¡No! —gritó ida Nee—. No lo he perdido. Nunca he perdido mi bastón en la vida. Me lo han robado. La puerta de mi oficina ha sido forzada. Mi puerta principal ha sido forzada. Soy víctima de un robo.

Justo cuando uno pensaría que el día no podía ponerse peor que el Edificio 10 con su única lámpara y el terrible aullido y el asesinato del gato, Ida Nee fue y llamó a la policía porque Beverly Tapinski se había llevado su bastón.

¡Las iban a meter a todas a la cárcel!

Raymie y Beverly y Louisiana estaban de pie juntas, al borde de la propiedad, justo a un costado de la azálea de Ida Nee.

Más allá de la rotonda, la mamá de Beverly estaba recargada contra su coche azul brillante, fumando un cigarro. La mamá de Raymie estaba sentada en el automóvil Clarke, mirando de frente.

—Ay, no —dijo de nuevo Louisiana.

—No entremos en pánico —dijo Beverly.

—No estoy en pánico —dijo Louisiana.

—Creo que dejé su estúpido bastón en la oficina de tu papá —dijo Beverly.

—Ay, noooo —dijo Louisiana.

—Silencio —dijo Beverly—. No pueden probar nada. Vinimos a nuestras clases de malabarismo de bastón y ella no estaba, así que nos fuimos. Ésa es nuestra historia. Todas debemos decir lo mismo.

Raymie se sentía confusa, temblorosa. Su corazón latía muy rápido. Su alma, por supuesto, había desaparecido.

En ese instante la abuela de Louisiana sacó la mano por entre la azálea y agarró el tobillo de Raymie.

Raymie gritó.

Louisiana gritó.

Beverly aulló.

Por fortuna, nadie las escuchó porque Ida Nee señalaba cosas y gritaba sobre el mal que le habían hecho.

—Abu —dijo Louisiana—, ¿qué estás haciendo aquí?

—No hay nada que temer —dijo la abuela de Louisiana desde detrás de la azálea, donde estaba agachada.

Seguía agarrando el tobillo de Raymie. La sujetaba sorprendentemente fuerte.

—No tengan miedo —dijo la abuela.

—Bueno —dijo Raymie.

—Tengo un plan —le dio una pequeña sacudida al tobillo de Raymie—. Todo estará bien.

Raymie miró la cabeza brillante y repleta de broches de la abuela de Louisiana. Parecía que su cabello estaba en llamas.

—Bueno —dijo Raymie.

Le daba gusto que alguien tuviera un plan.

TREINTA Y SIETE

*L*ouisiana y Raymie estaban en el asiento trasero del automóvil Clarke.

Estaban escapando de ahí.

Según la abuela de Louisiana, las autoridades estaban fuera de sus casillas, y sería buena idea que Louisiana estuviera *lejos, muy lejos de la propiedad Elefante*.

Así que Louisiana pasaría la noche en casa de Raymie.

Ése era el plan de la abuela de Louisiana.

Y a medianoche, Beverly Tapinski iría a casa de Raymie, y las tres juntas, los Tres Rancheros, entrarían en el Edificio 10 y liberarían a un gato muerto.

Ése era el plan de los Rancheros.

Era un plan que habían confeccionado después de que la abuela de Louisiana dejó la escena.

Era exactamente el tipo de plan que la señora Borkowski hubiera aprobado. La señora Borkowski se habría reído. Habría mostrado todos sus dientes. Y entonces habría dicho: *Ffffffttttt, les deseo suerte.*

—¿No fue emocionante? —dijo Louisiana mientras se alejaban de la casa de Ida Nee—. Me pregunto quién habrá robado el bastón de la señorita Nee.

Le dio un codazo a Raymie en las costillas.

—Fue una tempestad en un vaso de agua —dijo la mamá de Raymie—. Eso fue. ¿Quién llama a la policía por un bastón robado?

—Estoy emocionada porque pasaré la noche en tu casa —dijo Louisiana—. ¿Cenaremos, señora Nightingale?

Hubo una pausa.

—¿A quién le hablas? —preguntó la mamá de Raymie.

—Le hablo a usted, señora Nightingale.

—Mi nombre es señora Clarke.

—Ah —dijo Louisiana—. No lo sabía. Pensaba que usted también tenía el apellido de Raymie.

—Mi apellido también es Clarke —dijo Raymie.

—¿De verdad? —dijo Louisiana—. Yo pensé que eras Raymie Nightingale. Como el libro.

—No —dijo Raymie—. Soy Raymie Clarke.

¿De dónde sacaba Louisiana ideas tan extrañas? ¿Y qué se sentiría ser Raymie Nightingale? ¿Cómo sería andar por el camino luminoso y brillante y cargar una lámpara sobre tu cabeza?

—Bueno —dijo Louisiana—. Como sea. ¿Cenaremos, señora Clarke?

—Claro.

—Ay, Dios mío —dijo Louisiana—. ¿Qué habrá?

—Espagueti.

—¿O tal vez pastel de carne? —preguntó Louisiana—. Me encanta el pastel de carne.

—Supongo que puedo hacer pastel de carne —dijo la mamá de Raymie. Suspiró.

Raymie miró por la ventana. En alguna parte su papá estaba a punto de cenar también. Pensó que él estaba sentado en un café junto a Lee Ann Dickerson, con un menú en una mano y un cigarrillo en la otra. Vio que Lee Ann Dickerson extendía la mano y la posaba sobre el brazo de su papá. Observó el humo del cigarro de su papá elevarse en volutas hacia el techo, y de pronto lo supo.

Su papá no regresaría.

Él nunca regresaría.

—Ugg —dijo Raymie. Su alma tembló. Sentía como si alguien la hubiera golpeado en el estómago.

—¿Qué dijiste? —preguntó Louisiana.

—Nada —dijo Raymie.

—Tal vez después de cenar podemos leer en voz alta el libro de Nightingale —dijo Louisiana—. Abu siempre me lee por las noches.

—Claro —dijo Raymie.

* * *

A la hora de la cena, la mamá de Raymie miró asombrada cómo Louisiana se comía cuatro piezas de pastel de carne y todos sus chícharos. Las tres se sentaron a la mesa del comedor, bajo el pequeño candelabro.

Louisiana dijo:

—Nosotras también tenemos un candelabro. Pero ahora no podemos usarlo por el problema de la electricidad. Es lindo tener un poco de luz. También me gusta esta mesa. Es una mesa muy grande.

—Sí —dijo la mamá de Raymie—. Lo es.

—Podría caber mucha gente alrededor de esta mesa —dijo Louisiana.

—Supongo que sí —dijo la mamá de Raymie.

Y entonces se quedaron en silencio.

Raymie escuchaba el reloj de rayos de sol en la cocina, haciendo tic-tac despacio, metódicamente.

—Tu mamá es muy buena cocinera —dijo Louisiana cuando terminaron de cenar y estaban en la habitación de Raymie con la puerta cerrada—. Pero no habla mucho, ¿verdad?

—No —dijo Raymie—, creo que no —observó la lámpara del techo. Una palomilla revoloteaba alrededor con optimismo.

—¿Tu papá te daba un beso de buenas noches cuando vivía aquí? —preguntó Louisiana.

—A veces —dijo Raymie. Ya no quería pensar en su papá. No quería recordarlo cuando se inclinaba para darle un beso en la frente o cuando ponía una mano sobre su hombro. No quería recordar cuando él le sonreía.

—Abu siempre me da un beso de buenas noches —dijo Louisiana—. Y luego me da besos por los ausentes. Ésos son mi mamá y mi papá y mi abuelo. Me tocan cuatro besos.

Louisiana suspiró. Miró por la ventana.

—En la casa hogar del condado nadie te da un beso de buenas noches. Al menos eso es lo que he escuchado. ¿Ahora quieres que leamos en voz alta el libro de Florence Nightingale?

—De acuerdo —dijo Raymie.

—Yo primero —dijo Louisiana. Tomó el libro y lo abrió a la mitad y leyó una frase.

—Florence se sentía sola.

Y entonces cerró el libro y lo abrió de nuevo y leyó una frase de la página tres.

—Florence deseaba ayudar.

Y entonces cerró el libro de golpe.

—¿No deberías comenzar por el principio? —preguntó Raymie.

—¿Por qué? —dijo Louisiana—. Así es mucho más interesante —abrió el libro otra vez. Leyó la frase:

—Florence alzó la lámpara.

Afuera de la ventana de Raymie, el mundo estaba a oscuras.

—Cuando lees un libro de esta forma —dijo Louisiana—, nunca sabes qué va a pasar después. Te mantiene alerta. Eso dice la abuela. Y es importante estar alerta en este mundo porque uno nunca sabe qué puede pasar después.

TREINTA Y OCHO

Raymie despertó. Las manecillas de su desperta-dor brillaban alegres en la oscuridad. Marcaban la 1:14 de la madrugada.

Ya era pasada la medianoche y Beverly Tapinski no había llegado.

Eso significaba que no iban a salir de la casa y en-trar al Edificio 10 para robar a Archie. Quien ni si-quiera estaba ahí.

Después de todo, nada de esto sucedería. Raymie estaba decepcionada. Y aliviada. Las dos cosas al mismo tiempo.

Se quedó recostada y miró el reloj. Hacía tic-tac de una forma satisfecha y engreída, como si hubiera resuelto un problema difícil.

Raymie bajó de la cama. Por la luz anaranjada de la lamparita de noche, pudo ver a Louisiana dormida en el piso. *Un camino luminoso y brillante: la vida de Flo-rence Nightingale* estaba abierto encima del estómago de Louisiana. Tenía las manos cruzadas sobre el libro, y sus piernas estaban derechas frente a ella. Parecía como si hubiera caído en el campo de batalla de la vida.

Caído en el campo de batalla de la vida era algo que Louisiana había dicho cuando estaban leyendo el libro en voz alta.

—Florence Nightingale ayuda a quienes han caído en el campo de batalla de la vida. Acude a ellos con su esfera mágica…

—No creo que sea una esfera mágica —dijo Raymie—. Es un farol. Es lo que la gente usaba antes de que hubiera electricidad.

—Ya lo sé —dijo Louisiana. Bajó el libro y miró a Raymie. Levantó el libro de nuevo. Dijo—: Acude a ellos con su esfera mágica y los sana. Ellos no se preocupan más. Y no desean cosas que ya no están.

Raymie sintió que su corazón retumbaba dentro de ella.

—¿Dónde dice eso? —preguntó.

—Está escrito en el libro en mi cabeza —dijo Louisiana, dando un golpecito a su cabeza—. Y a veces es mejor que el libro real. Y con eso quiero decir que a veces leo las palabras que quiero que aparezcan ahí en vez de las palabras que de hecho están ahí. Justo como hace Abu —Louisiana miró a Raymie con mucha seriedad—. ¿Quieres que continúe?

—Sí —dijo Raymie.

186

—Bien —dijo Louisiana—. Dentro de la esfera mágica que lleva Florence Nightingale, hay deseos y esperanzas y amor. Y todas estas cosas son muy pequeñitas y también muy brillantes. Y hay miles de cosas, de deseos y esperanzas y amor, y se mueven alrededor de la esfera mágica y eso es lo que usa Florence para ver por los demás. Así es como ve a los soldados que han caído en el campo de batalla de la vida.

"Pero llega un momento en que alguien muy malvado decide robar la esfera mágica de Florence Nightingale, y esa persona es Marsha Jean. ¡Florence debe defenderse! Y una de las cosas que usa es su capa, que por la noche se convierte en un par de alas gigantescas para poder volar sobre los campos de batalla con su esfera mágica en busca de los heridos.

"Pero si Marsha Jean logra robar la esfera mágica, entonces Florence estará volando en medio de la oscuridad y no podrá ver nada, ¿y así cómo ayudará a la gente?

Louisiana agitó las páginas del libro.

—¿Quieres que lea más? —preguntó.

—Sí —dijo Raymie.

Se quedó dormida cuando Louisiana leía en voz alta de un libro que no existía, y soñó que la señora Borkowski estaba sentada en su tumbona en medio de la calle. Y entonces, de pronto, la señora Borkowski no estaba sentada en la tumbona. Estaba de pie y se alejaba de Raymie. Caminaba por un largo camino y llevaba una maleta.

Raymie la siguió.

—¡Señora Borkowski! —le gritó en su sueño.

La señora Borkowski se detuvo. Descansó la maleta en el piso y la abrió despacio; luego metió la mano en la maleta y sacó un gato negro y lo posó en el suelo.

—Para ti —dijo la señora Borkowski.

—¡Archie! —dijo Raymie. El gato se enroscó entre sus piernas. Ella escuchaba sus ronroneos.

—Sí, Archie —dijo la señora Borkowski. Sonrió. Y entonces se agachó y buscó algo en el interior de la maleta—. Tengo algo más para ti —dijo. Se levantó. Tenía una esfera de luz.

—Vaya —dijo Raymie.

—Toma —dijo la señora Borkowski. Le dio la esfera a Raymie, luego cerró la maleta, la levantó y se alejó caminando.

—Espera —dijo Raymie.

Pero la señora Borkowski ya estaba muy lejos. Raymie sostuvo la esfera mágica tan alto como pudo. Observó a la señora Borkowski hasta que desapareció.

—Miau —dijo Archie.

Raymie bajó la vista y miró al gato. Pensó: *Louisiana va a estar muy feliz. Tenía razón. Archie no estaba muerto.*

Ése fue el sueño.

Raymie lo recordó cuando despertó y contempló a Louisiana durmiendo. Escuchaba sus pulmones silbar; se veía muy pequeña.

De pronto, sin advertencia alguna, Louisiana abrió los ojos y se incorporó. Florence Nightingale cayó al suelo. Louisiana dijo:

—Lo haré de inmediato, Abu, lo prometo.

—¿Louisiana? —dijo Raymie.

Louisiana parpadeó.

—¿Hola? —dijo

—Hola —dijo Raymie—. Beverly no llegó.

—Tenemos que ir —dijo Louisiana. Parpadeó otra vez. Observó a su alrededor—. Debemos ir a rescatarlo.

—No podemos hacerlo sin Beverly —dijo Raymie—. No sabemos forzar cerraduras.

Todos los broches de conejitos de Louisiana habían migrado a un solo lugar de su cabeza. Habían formado un montón enorme. Había algo en los broches de conejitos que parecía triste.

—Pues tendremos que intentarlo —dijo Louisiana.

Vieron un repentino destello que venía de afuera. Raymie tuvo el ridículo pensamiento de que Florence Nightingale había llegado cargando su gran esfera mágica.

Pero no era Florence.

Era Beverly Tapinski.

Estaba de pie afuera de la ventana. Tenía una linterna bajo su barbilla así que su rostro se veía como una calabaza de Halloween.

Sonreía.

TREINTA Y NUEVE

—¿**D**ónde estabas? —preguntó Raymie.
—Digamos que tuve que encargarme de algunas cosas —dijo Beverly.

—¿Qué cosas? —preguntó Louisiana.

—Tenía que hacer un poco de sabotaje.

—Ay, no —dijo Raymie.

—No es gran cosa —dijo Beverly—. Sólo arrojé algunos trofeos al lago.

—¿Qué trofeos? —preguntó Raymie.

—Trofeos de malabarismo de bastón.

—¿Arrojaste los trofeos de Ida Nee al lago? —preguntó Louisiana.

—No todos eran suyos —dijo Beverly.

—Pero, ¿cómo pudiste hacerlo? —chilló Louisiana—. Éste es el fin de todo. Ida Nee llamará otra vez a la policía. Y nunca podremos regresar. Nunca aprenderé a hacer malabarismo de bastón.

—Escúchame —dijo Beverly—. No necesitas aprender malabarismo. Todo lo que tienes que hacer es cantar. Con eso ganarás cualquier concurso.

Tan pronto como Beverly dijo esas palabras, Raymie supo que era verdad. El canto de Louisiana ganaría cualquier concurso. Y Raymie *deseaba* que Louisiana ganara. Deseaba que se convirtiera en Pequeña Señorita Neumáticos de Florida.

Raymie se detuvo. Se quedó muy quieta.

—¿Por qué te detienes? —preguntó Louisiana.

—Anda —dijo Beverly—. Vamos.

Raymie continuó caminando.

Las tres estaban afuera, juntas en medio de la oscuridad, pero era sorprendentemente fácil ver. Y tenían la linterna de Beverly, por supuesto. Y había faroles en las calles y luces de las casas. Media luna brillaba en el cielo, y la acera frente a ellas emitía un destello plateado.

Un perro ladró.

De pronto vieron que el asilo Valle Dorado se alzaba desde la oscuridad como un barco encallado.

—Ese estúpido asilo —dijo Beverly—. Odio ese lugar.

—Escuchen —dijo Louisiana. Posó la mano en el brazo de Raymie—. Shhh.

Raymie se detuvo. Beverly siguió caminando.

—¿Escucharon? —preguntó Louisiana.

Raymie escuchó un crujido en los arbustos, el zumbido de la electricidad de los postes de luz de la calle, el batir de las alas de insectos. Un perro, el mismo perro, o tal vez otro, ladró y volvió a ladrar. Entre todos esos ruidos, Raymie escuchó un débil sonido de música.

—¿Alguien está tocando el piano? —dijo Louisiana.

—¡Súper! ¿Y qué importa? —dijo Beverly desde más adelante.

Era una música muy hermosa y triste, y así fue como Raymie supo que quizás era Chopin y que tal vez el encargado la estaba tocando. Parecía que hacía mucho tiempo había intentado hacer una buena obra para Isabelle y en vez de eso terminó escribiendo una queja. Era casi como si en ese entonces hubiera sido una persona diferente.

Raymie observó el asilo Valle Dorado. Había luz en la sala común.

—Vamos —dijo Beverly—. Estamos perdiendo el tiempo.

—¿No les parece que es la música más hermosa? —preguntó Louisiana.

Raymie se quedó muy quieta. La luz de la sala común iluminaba las copas de los árboles. Vio algo amarillo brillando en las ramas. Su corazón dio un brinco. Puso una mano sobre el hombro de Louisiana.

—Mira —dijo.

—¿Qué? —dijo Louisiana—. ¿Dónde?

—Apunta la linterna hacia allá arriba —le dijo Raymie a Beverly. Ella apuntó y Beverly iluminó las copas de los árboles y ahí estaba el pájaro amarillo. Parecía ser la respuesta a todo, ahí, de pie sobre una rama, pequeñito y perfecto y alado. Inclinó la cabeza a un lado y las miró.

—Oh —dijo Louisiana—. Ése es el pájaro que rescaté. Es él. Hola, señor pájaro.

Beverly siguió apuntando con la linterna al pájaro amarillo. La música de piano se detuvo y el pájaro trinó largamente.

Y después se escuchó el crujido de una ventana abriéndose. El encargado se asomó a la oscuridad. Raymie vio su rostro. Era un rostro triste. Estaba buscando algo.

Beverly apagó la linterna.

—¡Al suelo! —dijo.

Las tres se acostaron bocabajo. La banqueta todavía estaba caliente por el sol del día. Raymie recargó su mejilla contra ella y esperó. Escuchó el sonido de los pulmones de Louisiana. Y entonces el encargado silbó.

El pájaro dejó de cantar.

El encargado silbó otra vez.

El pájaro gorjeó de vuelta.

El encargado lanzó un silbido más complejo, y el pájaro le respondió con una canción.

—Oh —dijo Louisiana.

Y eso fue lo único que dijeron. Incluso Beverly estaba en silencio, escuchando, mientras el encargado y el pájaro amarillo se cantaban el uno al otro.

Raymie levantó la vista y observó la luna. Parecía que estaba creciendo, pero ella sabía que eso no podía ser verdad. Aun así, la mitad de la luna empezaba a verse como algo proveniente de un sueño, como algo que la señora Borkowski habría sacado de la maleta.

Y el cantarino pájaro amarillo parecía algo que también había permanecido oculto en la maleta de la señora Borkowski.

De pronto, Raymie se sintió feliz. Era la cosa más extraña, cómo la felicidad salía de la nada e inflamaba tu alma.

Se preguntó si su papá estaría durmiendo.

Se preguntó si estaría soñando con ella sin proponérselo.

Eso esperaba.

El silbido se detuvo.

El encargado dijo:

—Sé que estás ahí afuera.

Se escuchó el crujir de los árboles. El pájaro se adentró en la oscuridad y se alejó volando.

—Ahora —murmuró Beverly.

Las tres chicas se pusieron de pie y corrieron lo más rápido que pudieron.

Cuando se detuvieron, Louisiana se lanzó al piso. Se sentó en la hierba con las manos sobre las rodillas y la cabeza hacia delante, mientras daba grandes bocanadas de aire.

Beverly dijo:

—Respira, respira.

Louisiana levantó la vista y las miró. Y dijo:

—Simplemente. Amo. A ese. Pajarito amarillo.

—Yo también lo amo —dijo Raymie.

Louisiana le sonrió.

Beverly colocó la linterna bajo su barbilla y dijo con voz profunda:

—Todas nosotras amamos a ese pajarito —y luego sonrió.

El mundo era oscuro. La luna aún estaba en lo alto del cielo.

La felicidad inundó a Raymie una vez más.

CUARENTA

—Archie no siempre hace lo que uno quiere que haga —dijo Louisiana—. De hecho, casi todo el tiempo no hace lo que uno quiere.

—¿De qué estás hablando? —dijo Beverly.

Estaban en Tag & Bag. Un carrito de compras de la tienda había rodado colina abajo y estaba junto a un árbol. El carrito de metal brillaba alegremente, reflejando las luces del estacionamiento de Tag & Bag.

—Yo digo que este carrito de compras será perfecto para el rescate de Archie. Podemos ponerlo dentro de él y empujarlo y hacer que se dirija hacia donde queramos.

—No —dijo Beverly.

—Sí —dijo Louisiana.

—No podemos caminar en la mitad de la noche con un carrito de compras. Hará demasiado ruido. Además, se vería estúpido.

—Yo creo que lo necesitamos —dijo Louisiana. Miró a Raymie—. ¿Tú qué piensas?

—Supongo que está bien —dijo Raymie—. En cualquier caso, no hay nadie por aquí.

—Muy bien —dijo Louisiana—. Eso significa que lo llevaremos —sujetó el carrito y comenzó a empujarlo por la acera.

El carrito de compras tenía una rueda torcida que sonaba como una especie de tartamudeo. Era como si estuviera desesperado por decir algo, pero no podía pronunciarlo.

—Vamos, ustedes dos —dijo Louisiana—. Vamos a rescatar a Archie —y entonces comenzó a cantar una canción sobre camiones de doble remolque que están en venta o en renta.

—Es como si pensara que estamos en una especie de desfile para pobres —dijo Beverly.

Caminaron detrás de la cantante Louisiana y el carrito tartamudo a través de la extraña oscuridad. Las cosas eran visibles, pero todo se sentía insustancial. Era casi como si la gravedad tuviera menos efecto en la oscuridad. Parecía que los objetos flotaban. Raymie se sentía más ligera. Intentó flexionar los dedos de los pies. También se sentían más ligeros.

—¿Ven eso que está ahí? —dijo Beverly. Señaló la Torre Belknap. En la cima había una luz roja que parpadeaba—. Ahí es donde trabaja mi mamá. Se sienta en un banquito en la caja registradora y vende Torres Belknap miniatura y perfume de azahar y tonterías de ésas. Hay una máquina en la tienda de regalos donde colocas un centavo y la máquina estira el centavo y le imprime una imagen de la Torre. Es una máquina muy ruidosa. Mi mamá la odia. Pero ella odia todo.

—Ay —dijo Raymie.

—Sí —dijo Beverly.

Más adelante, Louisiana seguía empujando el carrito de Tag & Bag. Cantaba algo acerca de ser el rey del camino.

—¿Alguna vez has subido a la cima de la Torre? —preguntó Raymie.

—Muchas veces —dijo Beverly.

—¿Cómo es?

—Está bien. Puedes ver hasta muy lejos. Cuando era muy pequeña solíamos ir allá arriba para ver si podíamos ver Nueva York, ¿sabes? Aún era muy joven y no entendía. Subía y miraba esperando ver a mi papá. Lo cual era estúpido.

Raymie se preguntó lo que ella podría haber visto desde la cima de la Torre si hubiera estado ahí en el momento oportuno. ¿Habría visto al señor Staphopoulos y a Edgar en su camino a Carolina del Norte? ¿Habría visto a su papá fugarse a bordo de su auto con Lee Ann Dickerson?

—Puedes subir conmigo un día —dijo Beverly—. Si quieres.

—Bueno —dijo Raymie.

Louisiana dejó de cantar. Las miró de frente.

—Llegamos —dijo.

Y ahí estaba: el Edificio 10.

A Raymie no le alegraba verlo.

CUARENTA Y UNO

Si se había visto terrible a la luz del día, el Refugio Animal Amigable lucía mucho peor en la oscuridad. El edificio parecía malhumorado y también un poco culpable, como si hubiera hecho algo terrible y se hubiera agachado hacia el piso esperando que nadie lo notara.

—Te apuesto a que ni se molestan en cerrar la puerta con llave —dijo Beverly—. ¿Quién querría meterse a este lugar?

—Nosotras —dijo Louisiana—. Los tres Rancheros. Apúrense. Archie está ahí dentro. Nos está esperando.

Beverly bufó. Pero sacó su navaja de bolsillo y fue hacia la puerta. Dijo:

—Esto no tomará nada de tiempo.

Y así fue.

Puso la punta del cuchillo en el quicio y la sacudió, y un segundo después la puerta al Edificio 10 se abrió. La oscuridad parecía desplegarse en el edificio como una nube. Durante el día el Edificio 10 había estado oscuro. ¿Qué tan oscuro estaría por la noche? Ni siquiera tendrían la luz de una sola lámpara balanceándose.

—No puedo —dijo Raymie.

—¿Qué quieres decir? —preguntó Louisiana.

—Aquí las espero —dijo Raymie.

Beverly iluminó la caverna con su linterna.

—Ilumina esa puerta —dijo Louisiana—. Yo sé que está detrás de esa puerta.

—Sí —dijo Beverly—. Ya lo dijiste —entonces miró a Raymie—: Puedes esperar aquí. Está bien.

—No —dijo Louisiana—. Todas juntas. Todos los Rancheros. O nadie entra.

—De acuerdo —dijo Raymie, porque tenía que ir a donde ellas fueran. Debía protegerlas si podía. Ellas tenían que protegerla.

Las tres entraron al Edificio 10.

La luz de la linterna de Beverly temblaba en la oscuridad y luego la sostuvo con firmeza. Olía horrible adentro. Amoniaco. Algo podrido. Beverly iluminó la otra puerta.

Y entonces el horrible aullido comenzó.

¡Alguien estaba muriendo! ¡Alguien había renunciado a toda esperanza! ¡Alguien estaba inundado con una desesperanza demasiado terrible para ser traducida en palabras!

—Toma mi mano —murmuró Raymie.

CUARENTA Y DOS

*L*ouisiana tomó la mano de Raymie.
Raymie tomó la mano de Beverly.

La luz de la linterna danzaba sin control alrededor del lugar. Brillaba en el techo, en el escritorio de metal, los archiveros. Por un instante iluminó la única lámpara y Raymie, ridículamente, se sintió enojada con ésta.

¿Qué no podía siquiera intentarlo?

—Ay, Dios mío; oh, no, no —dijo Louisiana. Sus pulmones silbaron. Inhaló profundo y áspero y luego gritó:

—¡Archie, aquí estoy!

El aullido continuó.

—¿Puedes? —dijo Louisiana—. ¿Puedes abrir la otra puerta?

—Claro —dijo Beverly. Caminaron juntas, aferrándose la una a la otra, hacia la puerta—. Vas a tener que soltar mi mano —le dijo Beverly a Raymie—. Tengo que forzar la cerradura.

—Bueno —dijo Raymie. Siguió aferrada fuerte a la mano de Beverly.

—Mira —dijo Beverly—, ¿por qué no sostienes la linterna? —Raymie soltó la mano de Beverly y tomó la linterna.

—Apunta directo a la perilla de la puerta, ¿sí? —dijo Beverly.

Raymie iluminó la puerta con la linterna, justo en el momento en que Louisiana estiró la mano y giró la perilla.

La puerta no estaba cerrada. Se abrió despacio. El sonido del aullido aumentó.

—¿Archie? —dijo Louisiana.

Beverly inhaló profundo.

—Dame la linterna —dijo. Tomó la linterna de las manos de Raymie e iluminó con ella la habitación que estaba llena de jaulas. Había jaulas pequeñas y jaulas grandes. Las jaulas pequeñas estaban apiladas una encima de otra, y las jaulas grandes parecían prisiones humanas, y todas las jaulas estaban vacías. No había ni un gato a la vista.

Era una habitación terrible.

Raymie deseaba nunca haberla visto, porque ahora nunca la olvidaría.

—¡Archie! —gritó Louisiana.

Beverly dio unos pasos al interior de la habitación.

—Están vacías —dijo Raymie—. No hay nadie aquí.

—¿Entonces quién está aullando? —preguntó Beverly.

—Ay, Archie —murmuró Louisiana—. Lo lamento.

Beverly caminó por la habitación, columpiando la luz de la linterna y formando grandes arcos.

Y luego dijo:

—Aquí. Aquí.

CUARENTA Y TRES

No era Archie.

Ni siquiera era un gato.

Era un perro. O lo había sido en algún momento. Sus orejas eran tan largas que tocaban el piso. Su cuerpo era pequeño y estaba tirado. Uno de sus ojos estaba endurecido con lagañas y tan hinchado que no podía abrirlo.

—Ay —dijo Louisiana—. Es una especie de conejo.

—Es un perro —dijo Beverly.

El perro movió la cola.

Beverly metió la mano a través de la reja de la jaula. Le dio una palmadita en la cabeza.

—Todo está bien, está bien.

El perro movió más la cola. Pero cuando Beverly retiró la mano, dejó de moverla y comenzó a aullar.

A Raymie se le erizó el vello de las piernas. Los dedos de los pies se le flexionaron sin que ella intentara moverlos.

—Bien —dijo Beverly—. De acuerdo.

Levantó el pestillo de la jaula y abrió la puerta. El perro dejó de aullar. Salió de la jaula y caminó hacia ellas, moviendo la cola.

Louisiana se puso de rodillas. Lo envolvió entre sus brazos.

—Lo llamaré Bunny —dijo.

—Ése es el nombre más estúpido que he escuchado —dijo Beverly.

—Ya vámonos —dijo Raymie.

Louisiana levantó al perro. Beverly apuntó la linterna hacia el frente y salieron de la terrible oscuridad del Edificio 10 y entraron a la oscuridad normal de la noche.

La luna estaba en lo alto del cielo, o al menos la mitad de la luna. A Raymie no le parecía posible que la luna todavía brillara después de todo lo que había sucedido. Pero ahí estaba: brillante y muy lejana.

Raymie se sentó en la banqueta. Louisiana se sentó junto a ella. El perro olía horrible. Raymie extendió la mano y tocó su cabecita. Tenía chichones.

—Archie no está muerto —dijo Louisiana.

—¿Podrías callarte, por favor? —dijo Beverly.

—No está muerto. Pero está perdido y no sé cómo encontrarlo.

—Muy bien —dijo Beverly—. Está perdido. Ahora tenemos que salir de aquí.

—No creo poder seguir caminando —dijo Louisiana—. Estoy demasiado triste para caminar.

—Entonces sube al carrito —dijo Beverly—. Te llevaremos.

—¿Y Bunny? —preguntó Louisiana.

—También a él lo llevaremos. Daaa.

Louisiana se puso de pie.

—A ver —dijo Raymie—. Dame al perro.

Louisiana le pasó a Bunny, y Beverly cargó a Louisiana y la puso en el carrito.

—Esto no es muy cómodo —dijo Louisiana.

—¿Quién dijo que sería cómodo? —dijo Beverly.

—Nadie —dijo Louisiana. Y luego añadió: Me siento muy triste. Me siento vacía.

—Lo sé —dijo Raymie. Le entregó a Bunny. Louisiana envolvió al perro con sus brazos.

—Me pregunto dónde está Archie —dijo Louisiana—. Y me pregunto qué será de nosotras. ¿Ustedes no se preguntan qué será de nosotras?

Ninguna respondió.

CUARENTA Y CUATRO

*B*everly empujaba el carrito, y Raymie caminaba detrás de ella.

Raymie dijo:

—Me gustaría ir a la cima de la Torre Belknap en este momento.

—¿Por qué? —preguntó Beverly.

—Para ver si podemos, no sé, ver cosas.

—Está oscuro —dijo Beverly—. No verías mucho. Además, está cerrado. Y necesitas una llave para usar el elevador.

—Tú podrías resolverlo —dijo Raymie—. Tú podrías forzar la entrada y encontrar la llave.

—Yo podría forzar la entrada a cualquier parte —dijo Beverly—. ¿Y qué? No tiene sentido ir allá arriba.

—¿Ir arriba de dónde? —preguntó Louisiana.

—La cima de la Torre Belknap —dijo Raymie.

—Aaaahhhh —dijo Louisiana—. Le temo a las alturas —se puso de pie en el carrito y se dio la vuelta hacia ellas—. Yo hubiera sido una decepción para mis papás. No habría sido una muy buena Elefante Voladora.

—Sí —dijo Beverly—. Ya lo dijiste. Siéntate antes de que te caigas.

Louisiana se sentó y volvió a abrazar a Bunny.

La rueda torcida del carrito tartamudeó y se atoró cuando comenzaron a ir cuesta arriba. Raymie y Beverly lo empujaron juntas. Dentro del carrito, Louisiana guardaba silencio.

Estaban casi en la cima de la colina. Raymie sabía lo que había debajo de ellas. Era el Hospital Mabel Swip, y junto a él estaba el Estanque Swip, donde la señora Sylvester alimentaba a los cisnes.

El Estanque Swip no era un estanque en realidad. O no había comenzado como tal. Había comenzado como un socavón. Pero ahora se llamaba Estanque Swip porque Mabel Swip, que era dueña de la tierra, había donado el socavón a la ciudad y luego compró algunos cisnes y una lámparas para rodearlo y hacerlo elegante.

Desde la cima de la colina, el estanque parecía un ojo oscuro mirando a Raymie. Las lámparas, cinco de ellas, formaban una constelación solemne de lunas alrededor de él. No había ningún cisne a la vista.

De pronto, Raymie se sintió terrible, horriblemente sola. Deseo encontrar un teléfono público y llamar a la señora Sylvester y escucharla decir: *Aseguradora Familiar Clarke, ¿cómo podemos protegerlo?*

Pero aunque encontrara un teléfono, la señora Sylvester no estaría ahí. Era medianoche. La Aseguradora Familiar Clarke estaba cerrada.

Raymie intentó flexionar los dedos de los pies.

Louisiana se incorporó otra vez. Abrazaba a Bunny contra su pecho. Volteó hacia atrás.

—Vayan más rápido —dijo.

—¿Estás bromeando? —dijo Beverly—. ¿Quién crees que eres? ¿Una especie de reina? Estamos empujando lo más fuerte que podemos. Este carrito de compras no ayuda. Y las ruedas ni siquiera son redondas. Es como si fueran cuadradas o algo así.

Raymie y Beverly empujaron juntas.

Dieron un gran empujón.

Y de alguna forma —¿cómo sucedió? Raymie no lo sabía—, el carrito se les soltó.

Ellas no lo soltaron. No fue eso para nada. Era más como si la colina les hubiera soltado las manos del carrito. En un momento estaban empujando, y al siguiente el carrito de Tag & Bag estaba fuera de sus manos, rodando colina abajo.

Louisiana, con Bunny en sus brazos, volteó y miró hacia atrás a Beverly y Raymie.

—Ay, Dios mío —dijo—. Adiós.

Y entonces el carrito y Bunny y Louisiana desaparecieron, haciendo un ruido estrepitoso cuesta abajo a una velocidad imposible, dirigiéndose directo hacia el estanque que solía ser un socavón.

—No —dijo Beverly—. No.

Comenzaron a correr. Pero el carrito había dejado de tartamudear y resistirse. Estaba listo para avanzar. Incluso con la rueda torcida, era más rápido que ellas. Estaba decidido.

Desde lejos se escuchó la voz de Louisiana, sólo que no sonaba a Louisiana. Era escalofriante, resignada, la voz de un fantasma. Y lo que la voz del fantasma decía era:

—Pero no sé nadar.

Bunny comenzó a aullar con su terrible aullido del fin del mundo.

Raymie corrió más rápido. Sentía su corazón y su alma. Su corazón latía fuerte, y su alma estaba justo arriba, junto a su corazón. No, no era así. Era más como si su alma fuera su cuerpo entero. No era nada más que alma.

Y entonces, de algún lugar en la penumbra, Raymie escuchó la voz de la señora Borkowski. Y lo que la señora Borkowski dijo fue:

—Corre, corre, corre.

CUARENTA Y CINCO

Raymie corrió.

Beverly corría delante de ella.

Raymie pudo ver el carrito de compras. Pudo ver los broches de conejitos de Louisiana. Brillaban y le guiñaban el ojo. Veía las extrañas y largas orejas de Bunny flotando detrás de él. Parecían alas.

Y pudo ver un cisne. Estaba en la orilla del estanque. Miraba aquello que se le avecinaba, y no se veía contento. La señora Sylvester siempre había dicho que los cisnes eran criaturas terriblemente malhumoradas.

—¡Nooooooo! —gritó Louisiana.

Raymie observó el carrito de Tag & Bag volar en el aire como si intentara abandonar la órbita de la Tierra, y luego cayó en el Estanque Swip salpicando muy poca agua, sorprendentemente.

El cisne extendió las alas y voló lo más lejos que pudo. Emitió un ruido que sonaba como una queja, o quizás era una advertencia.

Beverly ya estaba a la orilla del estanque. Raymie todavía corría hacia ella. Y fue entonces que Raymie escuchó la voz de la señora Borkowski por última vez en su vida.

No dijo: *Dime, ¿por qué crees que el mundo existe?*

Tampoco: *Fffffftttttt.*

Lo que la señora Borkowski dijo fue: *Ahora. Tú. Puedes hacerlo.*

Raymie siguió corriendo. Pasó junto a Beverly, quien se limitaba a mirar desde la orilla, inhaló profundo y dio un clavado al estanque, y se hundió en el agua lo más que pudo en medio de la oscuridad.

Flexionó los dedos de los pies como le había enseñado el señor Staphopoulos.

Abrió los ojos.

Extendió las manos y braceó en el agua turbia.

CUARENTA Y SEIS

Resultó que Bunny sabía nadar. El perro pasó nadando junto a Raymie justo cuando salió a tomar aire. Las orejas de Bunny flotaban a ambos lados de su cabeza tuerta. Parecía un monstruo marino, una bestia mítica mitad pez mitad perro.

Raymie aspiró una gran bocanada de aire y se zambulló en el agua. Vio el carrito de Tag & Bag. Estaba de lado, cayendo despacio al fondo. Ella lo alcanzó. El carrito estaba frío y pesado. Y vacío.

Raymie lo soltó. Volvió a la superficie y aspiró otra gran bocanada de aire. Vio que Beverly sacaba a Bunny del agua. El cisne estaba junto a Beverly. Estiraba el cuello y luego lo bajaba, lo estiraba y lo bajaba, como si estuviera reuniendo el valor para anunciar algo.

Beverly dijo:

—¿Dónde está?

Raymie no respondió. Se zambulló otra vez. Abrió los ojos en la oscuridad y de nuevo vio el destello del carrito. Y entonces vio el resplandor de un broche de conejitos, un broche de conejitos prensado a la cabeza de Louisiana Elefante.

Raymie nadó hacia Louisiana y la sostuvo entre sus brazos.

Raymie había salvado de ahogarse a Edgar, el maniquí, muchas, muchas veces. Era buena en eso. El señor Staphopoulos le había dicho que era buena en eso.

Pero Louisiana se sentía diferente a Edgar: de alguna manera era más pesada y más ligera al mismo tiempo.

Raymie envolvió a Louisiana con sus brazos. Pataleo y nadó hacia la superficie, y lo que Raymie pensó mientras se elevaban juntas era que salvar a alguien era lo más fácil del mundo. Por primera vez, comprendió a Florence Nightingale y su lámpara y el camino luminoso y brillante. Comprendió por qué Edward Option le había dado el libro.

Por un segundo, comprendió todo en el mundo.

Deseó haber estado ahí cuando Clara Wingtip se había ahogado. Ella también la habría salvado.

Ella era Raymie Nightingale, al rescate.

CUARENTA Y SIETE

*L*ouisiana no respiraba.

Y Beverly estaba llorando, lo cual era casi tan terrorífico como que Louisiana no respirara.

Y el cisne aún intentaba estirar el cuello. Estaba inclinado hacia delante mirándolas, graznando.

Bunny olisqueaba alrededor de la cabeza de Louisiana, husmeaba en sus broches y emitía quejidos.

Louisiana estaba recostada sobre la hierba junto al estanque, que en realidad era un socavón. Las lámparas de luz amarilla se erguían a su alrededor, mirándolas, esperando.

Raymie volteó a Louisiana. Puso su cabeza de lado. Le golpeó la espalda con el puño. El señor Staphopoulos le había enseñado a salvar a una persona que se ahogaba, cómo sacar el agua de los pulmones, y Raymie hizo todo lo que le había enseñado a hacer. Lo recordaba todo. Lo recordaba en el orden correcto.

—¿Qué estás *haciendo*? —preguntó Beverly, aún llorando.

Raymie golpeó la espalda de Louisiana. Un chorro de agua, y también algunas hierbas del estanque, salieron por la boca de Louisiana. Luego salió más agua y más agua y más agua, y otra hierba. Y entonces salió la voz chillona e ilusionada de Louisiana diciendo:

—Ay, Dios mío.

El alma de Raymie era enorme dentro de ella. Sentía un amor tremendo por Louisiana Elefante y por Beverly Tapinski y por el cisne graznante y el perro quejumbroso y el estanque oscuro y las luces amarillas. Sobre todo, sentía amor por el señor Staphopoulos, de vello en la espalda y en los dedos de los pies, quien se había ido, quien se había mudado a Carolina del Norte con Edgar, el maniquí que fingía ahogarse. El señor Staphopoulos, quien posó la mano sobre su cabeza y le dijo adiós. El señor Staphopoulos, quien le había enseñado a Raymie a hacer exactamente esto —cómo salvar a Louisiana Elefante— antes de partir.

—El hospital —dijo Beverly.

Levantaron a Louisiana juntas y comenzaron a caminar. Ya eran muy buenas cargándola.

Subieron colina arriba y Bunny las siguió. El cisne se quedó atrás.

Louisiana dijo:

—No sé nadar.

—Sí —dijo Beverly, quien todavía lloraba—. Ya sabemos.

CUARENTA Y OCHO

Había una enfermera afuera de las puertas del hospital. Estaba fumando. Tenía el codo izquierdo recargado en su mano derecha, y sostenía el cigarro y los miraba a los cuatro venir por la colina.

—Santo Dios —dijo la enfermera. Bajó el cigarro despacio. Su identificador decía MARCELLINE.

—Se ahogó —dijo Beverly.

—No se ahogó —dijo Raymie—. Casi se ahoga. Tragó agua.

—Tengo los pulmones congestionados —dijo Louisiana—. No sé nadar.

—Ven conmigo, pequeña —dijo Marcelline. Tiró el cigarro y llevó a Louisiana a través de las puertas.

Beverly se sentó en la acera. Abrazó a Bunny y enterró la cara en su cuello.

—Entra tú —dijo—. Yo voy a quedarme aquí sentada un rato.

—Bueno —dijo Raymie. Y entró por las puertas, fue con la enfermera a la recepción y preguntó si podía usar el teléfono para llamar a su mamá. La enfermera tenía un identificador que decía: RUTHIE. Raymie pensó en lo lindos que eran esos identificadores. Quiso que todo el mundo los usara.

—¡Mírate! —dijo Ruthie—. Estás empapada.

—Estaba en el estanque —dijo Raymie.

—Son las cinco de la mañana —dijo Ruthie—. ¿Qué estaban haciendo en el estanque a las cinco de la mañana?

—Es complicado —dijo Raymie—. Tiene que ver con un gato llamado Archie, que fue llevado al Refugio Animal Amigable y...

—¿Y...? —preguntó Ruthie.

Raymie intentó pensar en cómo explicarlo. Ni siquiera sabía por dónde empezar. De pronto sintió frío. Comenzó a temblar.

—¿Alguna vez ha escuchado del concurso Pequeña Señorita Neumáticos de Florida? —preguntó.

—¿El qué? —dijo Ruthie.

Los dientes de Raymie castañeaban. Sus rodillas temblaban. Hacía tanto frío.

—Yo... —comenzó. Y entonces, de pronto, supo exactamente qué decirle a Ruthie—. Mi papá se fue. Huyó con una asistente de dentista llamada Lee Ann Dickerson y no va a volver.

—Qué canalla —dijo Ruthie. Se puso de pie y salió de detrás del mostrador. Se quitó el suéter, que era un suéter azul como el que usaba Martha en asilo Valle Dorado. Colgó el suéter sobre los hombros de Raymie.

El suéter azul olía a rosas y a algo más intenso y dulce que las rosas. Estaba tan calientito.

Raymie comenzó a llorar.

—Ya, ya —dijo Ruthie—. Dime el número de teléfono de tu mamá y yo le llamaré.

—Hola, sí, buenos días —dijo Ruthie cuando la mamá de Raymie contestó el teléfono—. Descuide, no se alarme. Tengo aquí a su hijita en el hospital. No hay nada de qué preocuparse, sólo que está empapada porque estuvo nadando en el estanque. Además me dijo que su papá huyó con una mujer llamada Lee Ann —Ruthie escuchó—. Mmmm, mmmm —dijo después de un minuto. Siguió escuchando.

—Así es —dijo Ruthie—. Hay gente canalla. No hay otra forma de decirlo.

Afuera de las puertas de cristal, Raymie veía a Beverly sentada sobre la acera. Estaba abrazando a Bunny. El cielo clareaba sobre sus cabezas.

El sol estaba saliendo.

—No tiene que explicarme nada —dijo Ruthie, todavía al teléfono con la mamá de Raymie—. Lo comprendo. Sí, así es. Pero su hijita está aquí y está bien y la está esperando.

CUARENTA Y NUEVE

*E*ntonces todo sucedió muy rápido. Llegaron los adultos. La mamá de Raymie fue la primera; abrazó a Raymie, la sostuvo muy fuerte contra su pecho y la meció de adelante hacia atrás. La mamá de Beverly fue la segunda; llegó y se sentó junto a Beverly en la acera frente al hospital, el perro en medio de las dos. Después de un largo rato, también llegó la abuela de Louisiana. Tenía puesto su abrigo de piel, y se sentó junto a la cama de Louisiana y le sostuvo la mano y lloró sin hacer nada de ruido.

Raymie contó una y otra vez la historia de lo que pasó, cómo el carrito de compras había caído al agua, y que Louisiana no podía nadar y que ella la había sacado del agua y le había golpeado en la espalda, y que eso era algo que había aprendido de un hombre llamado Señor Staphopoulos, quien daba una clase llamada Salvamento 101.

Llegó un reportero del diario *Lister Press*. Raymie le deletreó la palabra *Elefante*. Deletreó *Staphopoulos*. Le dijo que *Clarke* tenía una *e* al final. El reportero le tomó una foto a Raymie.

Y todo ese tiempo, Louisiana permaneció dormida en la cama blanca del hospital. No hablaba. Tenía una fiebre muy alta.

Pero estaría bien. Todo mundo decía que iba a estar bien.

Fue Ruthie quien dijo:

—Esta niña necesita dormir. Dejen de preguntarle cosas y permitan que vaya a casa a dormir.

Pero Raymie no quería ir a casa. Quería estar con Louisiana. Así que Ruthie llevó un catre a la habitación de Louisiana, y Raymie se recostó en él. Se durmió de inmediato.

Y cuando despertó, Louisiana todavía estaba durmiendo y la abuela de Louisiana todavía tenía puesto su abrigo de pieles. Aún sostenía la mano de Louisiana y también estaba dormida. El pasillo afuera de la habitación estaba iluminado, brillaba con la luz del mediodía, igual que la sala común del asilo Valle Dorado.

Raymie se levantó y se detuvo frente a la puerta de la habitación y observó el camino luminoso y brillante.

Un gato caminaba hacia ella.

Raymie se quedó quieta y lo miró. El gato se acercó cada vez más. Raymie lo reconoció de su sueño. Lo reconoció de la maleta de la señora Borkowski.

Era Archie.

El gato pasó rozándola. Entró a la habitación, trepó a la cama de Louisiana y se acurrucó hecho un ovillo.

Raymie fue a recostarse en su catre. Se volvió a dormir. Cuando despertó estaba anocheciendo y Archie seguía acurrucado a los pies de Louisiana. Ronroneaba tan fuerte que la cama del hospital se agitaba.

Archie, el Rey de los Gatos. Había regresado.

La fiebre de Louisiana cedió esa noche. Se sentó sobre la cama y dijo:

—Ay, Dios mío, tengo hambre —tenía la voz ronca.

Y entonces miró a sus pies y vio al gato.

—Archie —dijo, como si no estuviera para nada sorprendida. Se inclinó y lo jaló hacia sus brazos. Miró alrededor de la habitación. Dijo:

—Ahí está Abu.

Miró a su abuela que dormía en la silla junto a la cama. Y después miró a Raymie y dijo:

—Raymie Nightingale. Ahí estás tú también.

—Aquí estoy —dijo Raymie.

—¿Dónde está Beverly?

—Está en su casa. Cuidando a Bunny.

—Bunny —dijo Louisiana con asombro—. Salvamos a Bunny. ¿Recuerdas cómo lo salvamos?

Ruthie entró a la habitación y dijo:

—¿Cómo entró ese gato aquí?

—Él me encontró —dijo Louisiana—. Lo perdí. Él me perdió. Fuimos a buscarlo y él me encontró.

Raymie cerró los ojos y vio a la señora Borkowski abriendo la maleta y sacando a Archie de ella.

—Es una especie de milagro —dijo.

—No existen los milagros —dijo Ruthie—. Sólo es un gato. Eso es lo que ellos hacen.

CINCUENTA

La otra cosa que sucedió en el hospital fue que el teléfono sonó en la estación de las enfermeras y la llamada era para Raymie.

Ruthie entró a la habitación y dijo:

—Alguien te llama por teléfono, Raymie Clarke.

Raymie salió al pasillo, hacia el teléfono. Todavía tenía puesto el suéter de Ruthie. Le llegaba a las rodillas.

—¿Hola? —dijo Raymie.

Ruthie estaba de pie justo junto a Raymie. Posó la mano sobre el hombro de Raymie.

—¿Raymie? —dijo la voz del otro lado de la línea.

—Papá —dijo Raymie.

—Vi tu foto. Estaba en el periódico y... quería ver si estabas bien y...

Raymie no sabía qué decirle. Se quedó quieta y acercó el teléfono a su oreja. No escuchó nada más que un gran silencio. Era como escuchar el océano en una concha marina y ni siquiera oírlo.

Así era.

Después de unos momentos, Ruthie tomó el teléfono de la mano de Raymie y dijo:

—Esta niña está cansada. Salvó a alguien de ahogarse. ¿Comprende lo que estoy diciendo? Le salvó la *vida* a alguien.

Y entonces Ruthie colgó el teléfono.

—Es un canalla —le dijo a Raymie—. Y eso es lo único que hay que decir —posó las manos sobre los hombros de Raymie. La llevó de vuelta a la habitación de Louisiana. Raymie se recostó sobre su catre y volvió a dormir.

Al despertar se preguntó si lo había soñado todo.

Sobre todo recordaba haber sostenido el teléfono durante un largo silencio: el silencio de su papá que no dijo nada, y ella tampoco.

Y entonces, también recordó las manos de Ruthie sobre sus hombros llevándola de vuelta a la habitación, donde Louisiana estaba viva y respirando, y un gato estaba acurrucado a sus pies, durmiendo.

CINCUENTA Y UNO

Louisiana terminó de llenar la solicitud para el concurso Pequeña Señorita Neumáticos de Florida.

Tenía puestos sus broches de conejitos de la suerte y un vestido azul salpicado de lentejuelas plateadas. No hizo malabarismo de bastón. Cantó *"Raindrops Keep Fallin' on My Head"*.

El certamen fue en el Auditorio Finch. La abuela de Louisiana estaba ahí, y Beverly estaba ahí y la mamá de Beverly y la mamá de Raymie. Y Raymie.

Ida Nee estaba ahí, pero no se veía contenta. Ruthie llegó del hospital. Y la señora Sylvester vino de la Aseguradora Familiar Clarke. Todos se sentaron juntos.

El papá de Raymie no estaba ahí.

Raymie no se sorprendió —sólo estaba feliz— cuando Louisiana ganó el concurso y fue coronada Pequeña Señorita Neumáticos de Florida.

Más tarde, después de que le entregaron a Louisiana un cheque por 1975 dólares y una banda que decía PEQUEÑA SEÑORITA NEUMÁTICOS DE FLORIDA 1975, Beverly Tapinski y Raymie Clarke y Louisiana Elefante subieron a la cima de la Torre Belknap, aunque Louisiana le temía las alturas.

—Me dan miedo las alturas —dijo Louisiana, que todavía llevaba puesta su corona y su banda. Mantuvo los ojos cerrados y se recostó sobre el piso del mirador.

Pero Raymie y Beverly estaban de pie recargadas sobre los barandales mirando hacia afuera.

—¿Ves? —le dijo Beverly a Raymie.

—Sí —dijo Raymie.

—Díganme lo que ven —dijo Louisiana, que estaba recostada bocabajo en el piso y se negaba a incorporarse.

—Todo —dijo Raymie.

—Descríbemelo —dijo Louisiana.

Raymie dijo:

—Puedo ver el Estanque Swip y los cisnes y el Lago Clara y el hospital. Puedo ver el asilo Valle Dorado y la Aseguradora Familiar Clarke. Puedo ver la casa de Ida Nee y la tienda Tag & Bag. Puedo ver el Edificio 10.

—¿Qué más? —preguntó Louisiana.

—Puedo ver la cabeza de alce de Ida Nee, y puedo ver el frasco de caramelos sobre el escritorio de la señora Sylvester. Y puedo ver el fantasma de Clara

Wingtip. Puedo ver el pájaro amarillo del asilo Valle Dorado.

—¿Está volando? —preguntó Louisiana.

—Sí —dijo Raymie.

—¿Qué más? —dijo Louisiana.

—Puedo ver a Ida Nee girando su bastón. Puedo ver a Ruthie. Nos está saludando. Y ahí está Archie. Y Bunny.

—No le digas Bunny —dijo Beverly, quién había renombrado al perro como Buddy.

Después de un rato, Beverly se acercó a Louisiana y la ayudó a ponerse de pie y la acercó al barandal.

—Abre los ojos —dijo Beverly—. Y mira por ti misma.

Louisiana abrió los ojos.

—Ay, Dios mío —dijo—. Estamos muy arriba.

—No te preocupes —dijo Beverly—. Yo te sostengo.

Raymie tomó la mano de Louisiana. Y dijo:

—Yo también te sostengo.

Las tres permanecieron así largo tiempo, mirando los confines del mundo.